中国小小说名家档案

ZHONGGUO XIAOXIAOSHUO MINGJIA DANGAN

一辈子也不说

高 军◎著

吉林出版集团股份有限公司

总 策 划：尚振山
策划编辑：东　方
责任编辑：侯娟雅
封面设计：三棵树
版式设计：麒麟书香

图书在版编目（CIP）数据

　一辈子也不说/高军著 . 一长春：吉林出版集团
股份有限公司，2010.4
（中国小小说名家档案）

　ISBN 978 - 7 - 5463 - 2873 - 7

　Ⅰ. ①一… 　Ⅱ. ①高… 　Ⅲ. ①小小说 - 作品集 -
中国 - 当代 　Ⅳ. ①I247.8

中国版本图书馆 CIP 数据核字（2010）第 069604 号

书　　名：一辈子也不说
著　　者：高　军
开　　本：710 mm×1092 mm　1/16
印　　张：15.5
版　　次：2010 年 5 月第 1 版
印　　次：2017 年 6 月第 2 次印刷
出　　版：吉林出版集团股份有限公司
发　　行：北京吉版图书有限责任公司
地　　址：北京市西城区椿树园 15-18 号底商 A222
　　　　　邮编：100052
电　　话：总编办：010-63109269
　　　　　发行部：010-63104979
印　　刷：北京一鑫印务有限责任公司
书　　号：ISBN 978 - 7 - 5463 - 2873 - 7
定　　价：30.00 元

一种文体和一个作家群体的崛起

——《中国小小说名家档案》序

最近几年，由于工作的关系，我开始接触并关注小小说文体和小小说作家作品。在我的印象中，小小说是一种非常古老的文体，它的源起可以追溯到《山海经》《世说新语》《搜神记》等古代典籍。可我又觉得，小小说更是一种年轻的文体，它从上世纪80年代发轫，历经90年代的探索、新世纪的发展，再到近几年的渐趋成熟，这个过程正好与我国改革开放的30年同步。我觉得这是一个非常有意义和非常有意思的文化现象，而且这种现象昭示着小说繁荣的又一个独特景观正在向我们走来。

首先，小小说是一种顺应历史潮流、符合读者需要、很有大众亲和力的文体。它篇幅短小，制式灵活，内容上贴近现实、贴近生活、贴近群众，有着非常鲜明的时代气息，所以为广大读者喜闻乐见。因此，历经20年已枝繁叶茂的小小说，也被国内外文学评论家当做"话题"和"现象"列为研究课题。

其次，小小说有着自己不可替代的艺术魅力。小小说最大的特点是"小"，因此有人称之为"螺丝壳里做道场"，也有人称之为"戴着镶铐的舞蹈"，这些说法都集中体现了小小说的艺术特点，在于以滴水见太阳，以平常映照博大，以最小的篇幅容纳最大的思想，给阅读者认识社会、认识自然、认识他人、认识自我提供另一种可能。

还有非常重要的一点，小小说文体之所以能够迅速崛起，离不开文坛有识之士的推波助澜，离不开广大报刊的倡导规范，离不开编辑家的悉心栽培和评论家的批评关注，也离不开成千上万作家们的辛勤耕耘和至少两代读者的喜爱与支持。正因为有方方面面的共同努力形成"合力"，小小说才得以在夹缝中求生存、在逆境中谋发展。

特别是2005年以来，小小说领域举办了很多有影响力的活动，出版了不少"两个效益"俱佳的图书，也推出了一批有代表性的作家和标志性的作品。今年3月初，中国作家协会出台了最新修订的《鲁迅文学奖评奖条例》，正式明确小小说文体将以文集的形式纳入第五届鲁迅文学奖短篇小说奖的评奖。而且更有一件值得我们为小小说兴旺发展前景期待的事：在迅速崛起的新媒体业态中，小小说已开始在"手机阅读"的洪潮中担当着极为重要的"源头活水"，这一点的未来景况也许我们谁也无法想象出来。总之，小小说的前景充满了光耀。

在这样的历史背景下，《中国小小说名家档案》的出版就显得别有意义。这套书阵容强大，内容丰富，风格多样，由100个当代小小说作家一人一册的单行本组成，不愧为一个以"打造文体、推崇作家、推出精品"为宗旨的小小说系统工程。我相信它的出版对于激励小小说作家的创作，推动小小说创作的进步；对于促进小小说文体的推广和传播，引导小小说作家、作品走向市场；对于丰富广大文学读者特别是青少年读者的人文精神世界，提升文学素养，提高写作能力；对于进一步繁荣社会主义文化市场，弘扬社会主义先进文化有着不可估量的积极作用。

最后，希望通过广大作家、编辑家、评论家和出版家的不断努力，中国文坛能出更多的小小说名家、大家，出更多的小小说经典作品，出更多受市场欢迎的小小说作品集。让我们一起期待一种文体和一个作家群体的崛起！

中国作家协会党组成员、书记处书记

中国作家协会副主席   何建明

中国作家出版集团管委会主任

目　录

■ **作品荟萃**

■ 作品评论

3

中国小小说名家档案

掌　声

在教室门外，我听到，像往日一样，上课铃一响，教室里一下子静了下来。

走进教室，就感到安静里好像潜伏着一种与平日不同的气氛。但我还是平静地走上讲台，师生相互问好，我还没开口讲课，就发现全班 50 多个学生都直勾勾地盯着我身后的黑板。为了把学生的注意力吸引到我的讲课中，我立即以平静的语调导入新课：

"同学们，今天，我们上——"

我一边说一边转身准备往黑板上板书。

班上的女学生王娜娜边站边喊道："报告老师，你看黑板上——"

我一下子惊呆了，原来黑板上有一行清晰的粉笔字："高老师是个——"后边还有一个不太清晰的"坏"字。

这是我教学近十年来从未出现过的情况，过去我每次上语文课时，黑板总是擦得干干净净。

这几个字，显然是我有什么得罪学生的地方，他们在公开向我挑战。

我仔细一看，这字体像是我昨天刚批评过的李晓写的。

我心里的火一下子蹿起老高，感到头皮都啪啪炸响。但是瞬间我就控制住了自己，并决定改变教学内容。

我面带微笑地说道："同学们，今天，我们上说话课，题目有些同学已经知道，并替我写在了黑板上，谢谢这位同学。"

尽管我的话语里透着真诚，很多同学还是一脸不安的神色。

我用粉笔把不太清晰的"坏"字重描了一下，并添上了"老师吗？"

许多学生这才发出了善意的笑声，课堂气氛已转入正常。

我立即一口气说了下去："我，就是你们的高老师，是个坏老师吗？今天，我愿意把一个真实的我向同学们介绍一下。"

接着，我详细地介绍了我的生活和工作情况，也坦诚地承认了一些弱点和缺点。

由于是说自己，我说得非常流畅，一句多余的话也没有，口才比平时显得更好。

我说完了，教室里一片沉静。我感到，同学们都被我的真诚感动了。果然，一阵热烈的掌声响了起来，全班同学都在热烈地鼓掌。连李晓也眼中有点晶莹，他的手也拍得非常起劲。

——上课是从来不兴鼓掌的，这在我的教学生涯中是第一次。

我心中为自己即兴设计的教学方案陶醉了。

我潇洒地在"高老师"和"坏老师"几个字底下画上了一道横线，擦掉了"高老师"和"坏老师"这几个字，将题目改成"＿＿＿＿＿是个＿＿＿＿＿吗？"，要求道："请各位同学考虑一下，完善题目，并以这个题目说一段话。

李晓第一个举起了手，我让他站了起来。

他说："我的题目是《李晓是个写'高老师是个坏'这几个字的学生吗？》。"

我心中一惊，学生的眼光是多么犀利啊！尽管我自认为表现得很潇洒，但还是被学生一眼看穿了。

李晓讲得也非常流畅，否定了黑板上的字是他写的。尽管我心中不相信他的话，但对他的说话艺术还是赞许的。学生们又鼓起掌来，这掌声似乎比给我的更热烈。

掌声一落，女学生王娜娜举起了手，她说："我说话的题目是《王娜娜是个坏学生吗？》。"

王娜娜承认，那行字是她写的，主要是想看一下老师是否有雅量，到底有多大的雅量。她说她不是个坏学生，高老师也不是一个坏老师。今天，她感到老师的形象更加高大了。

我非常惊奇。但还是为她的大胆活泼而高兴，更为她的说话水平而高

兴。全班学生的掌声又一次热烈地响起来。

此事过去已快十年了。如今，李晓已成为一个著名作家；王娜娜在法国留学，已获得博士学位，正在攻读博士后。这个班的学生见到我或者来信时，说最佩服的是我处理这节课的方式，这节课是他们印象中最深刻的一节语文课。

其实，近十年来，这三次掌声也仍时时回响在我的耳边。

琴　声

上高中后，大凡必须中午回家吃饭，因为学习紧张，必须午睡一个小时。楼上的王家有个患精神病的女儿却每天中午在家里弹琴，几年了邻居们谁也没有试图制止过。琴声一响，大凡的睡意全跑了。越是想快速地睡着，就越是睡不着。休息不充分，就感到浑身紧紧的，身体有些沉重。他知道，这个麻烦是不好解决的。

王家的这个孩子，小时候长得漂亮可爱，从小就练琴。可到了高中阶段，其他学科不突出，压力越来越大，就精神不正常了。后来只好休学在家，但练琴却成了她的每天的必定项目。邻居们说，让她练吧，说不上慢慢就会好了。所以几年来，午饭后的这段时间，她一直是在不间断地让楼上乐声不断，大家也就都习惯了。

过去大凡不用午睡，也就没有大碍。上高中后，学习紧张，起床早，睡觉晚，学校五冬六夏地安排着午休，大凡又必须每天回家两次，回家吃一顿午饭，晚上在家住宿。每天中午，听着楼上的琴声，父母唉声叹气的。大凡躺在床上，两手使劲捂着耳朵，想赶紧睡着。过去听到的琴声并不大，可这时候却感到直直地往耳朵里钻，就怎么也睡不着了。三天后，大凡一家彻底失望了。他身体的沉重感更严重了，准备与学校联系，请求安排住校。可第四天，楼上破天荒地中午时候的琴声停下来了，大凡终于睡着了。

中午的琴声消失后，大凡刚开始是高兴的。不久就隐隐有了一丝不安，好似楼上在压抑着什么似的。但是他睡醒一觉，往楼下走的时候，往往会听到楼上响起一声重重地按琴键的声音，接着琴声又响起来了，由一股狠劲慢慢变为柔和的曲调了。时间长了，大凡也就放心了。楼上王家在

改变一种习惯，这于整座楼的住户是有利的。

一次，大凡一家正在吃午饭，楼上响起杂沓的脚步声，好像几个人在拉拉扯扯似的，但很快消失，什么动静也没有了。

听邻居们私下里议论，是王家两口子知道了大凡需要睡午觉，就让自己的女儿改变弹琴的习惯，女儿很多时候是反抗的，但两人总会看着女儿，就是女儿坐在了琴前，也会齐心合力把她拉到一边去，一直看到学校上学时间，才任由女儿再去弹琴。

邻居们议论中，倾向性非常明显，绝对是赞赏这种做法的，毕竟很多人家希望中午安静地休息一下的。可是不久以后，邻居们就开始转向了。据说王家这样严管女儿后，那女孩的病情又有所加重了。

这样，大凡一家也不安起来。大凡和爸爸妈妈说："再和老师提提要求，住校去。"但他和老师说了以后，老师说学校学生公寓紧张，要先让离家远的同学住下来，让他先在家住着，等腾出床位再安排。

大凡在午休得到保障后，身体的沉重感却没有消失。于是，他就经常会到音乐室里练习弹琴。很多同学不理解，劝他好好学习，迎接高考。有时班主任也劝他把精力集中到文化课的学习上。但他笑笑说："我抽空弹霎儿琴，会感到浑身轻松，头脑更好使。"

他说的是真心话，在琴声里，他的大脑中会一片澄明，随后拿起课本来，能记得更牢，做题速度也会加快。

老师答应有空床位就让他住校，可始终没能如愿。他照旧每天中午回家吃饭和午睡，楼上王家中午也一直很安静，偶尔会重复一次脚步杂沓声，但很快就会安稳下来。

三年中，大凡认真上别人不太重视的《音乐欣赏》课，和音乐老师学会了好多的曲子，并且弹奏得非常熟练。

高考结束的第二天中午，大凡和爸妈说想到楼上王家一趟，爸妈交换了一下眼色，露出欣慰的笑容，连连点头说："去吧，去吧。"

他跑到洗嗽间，把头发仔细地梳理了一番，然后把衣服整理平顺了，才去楼上敲门。

门一开，大凡对着王家一家人，深深地低头鞠了一躬："谢谢，三年来为了我，您……"

"孩子，快进来。"两位大人热情地往家里让着。

进门后，大凡看到王家姐姐在客厅的沙发上坐着，眼光有些直，身体不停地扭动着，光想起来干点什么的样子。他的眼圈红了，转过头来对着两位大人说："高考结束了，今天中午我想在这里弹一曲，不知可以吗?"

两位大人愣了一会儿，继而笑了："可以。当然可以。"说着，把他引导到自家的钢琴前。他看到，随着他走向琴前，王家姐姐也从沙发上站了起来，眼光开始变得柔和起来。

大凡慢慢坐下，凝视着黑白琴键，安静了一下自己，然后将双手轻轻抬起来，稍微停了一会，才向下按去，随即优美的旋律似流水一样弥漫开来。

一曲弹完，他起身招呼已经来到琴前的女孩："姐姐，你弹一曲吧。"

然后，他对两位大人说："从今天起，让姐姐随便弹吧……"

他告辞的时候，女孩的琴声已经响了起来，他感到自己三年来不时出现的浑身的沉重感慢慢要彻底离开自己了。

晒

班里的学生都对班主任田老师有些憷头皮。这不，晚自习又来板着面孔把学生们教训了一番。严厉、不近人情，是学生们对他的一致看法。

但李伟一直有些麻木，所以对田老师并没什么特别感觉。下晚自习后，他随着回宿舍的人流，拖着沉缓的步子走着。大冬天的，冷风飕飕地刮着，其他同学都搓着手哈着气小跑着，而他明显地有些迟疑。入校几个月了，他总是和同学们不远不近的，显得不合群。

他们这个学校是乡村中学，条件很一般。三间平房是一个大宿舍，安放着密密实实几乎紧靠在一起的很多张双层床。学生们起床后并不用认真叠被子，都是把被子一拉，略整理一下就算完。

李伟的铺位是下层，这让他很庆幸。若在上铺的话，他可能早就退学了。

李伟慢腾腾地脱着衣服，试探着往被子里伸着腿。在被子被掀开的一刹那间，一股暖暖的气息钻入鼻孔，感到被褥暄腾了许多。每天晚上体验一次的那种冷冰冰的感觉好像飞走了。他愣了一下，慢慢地躺下去，预想中的凉湿也消失了。咦，怪了。

他上初中了还是经常尿床，就整天恨自己恨得不得了。晚上开始不敢睡，后来迷迷糊糊地睡去后，一觉醒来往往身子下面又湿透了。他难过，怕同学们知道，自己的脸没地方搁。他从来不敢把湿被子抱出去晒，盼着到晚上时能慢慢焐干了，让自己好受一些。近段时间同宿舍的人可能已经知道了他尿床的事，有时候小声叽叽喳喳着，看到他就停下了。平时，看他的眼光也有些特别。每当这时，他脸上会火辣辣的，赶紧走到一边去。

真是越怕觸着越给咸盐吃。这不，一觉醒来，李伟的身下又湿漉漉的了。四周一片漆黑，周围的同学都睡得很香甜，有的在打着长短不齐的鼾声，有的不时地翻动一下身子，还有的在睡梦中不知咕哝了一声什么。他感到被窝中有一股燥气代替了上床时的那种香暖气息，身子赶紧往一边挪挪，离开那热热的、湿湿的地方，往干地方蜷去。不一会儿，他打了一个冷战，头脑一下子清醒过来，又慢慢挪回到那被自己尿湿的地方。此时不是挪开时的感觉了，那地方已经变得冰凉，身体一接触上去，有一种冷到心里的感觉。他犹豫了一下，还是严严实实地用自己的身体把湿地方尽量全部压住，盼着明早能够用自己身体的热量把这个地方烘干。这样躺着，湿气渍浸着身体，有些痒，更有些黏。不知过了多久，才又睡去。可第二天早上，身下还是湿湿的。

为了弄清昨天被子怎么变干的，他长了个心眼，在白天课空里偷偷跑回宿舍看了看，发现自己床上的被褥不在了。呀，可能真的是有人帮自己晒了。他的脸腾地红了，满头满脸地出了一层热汗，在光天化日之下展示那一圈圈黄黄的地图，还不丢死人啊。他迅速转回身来，先在宿舍前面远近地找寻着，没有！后来扩大范围，到宿舍后边，到东边西边都找了，结果仍然没有。最后，他利用几节课的课间，找遍了整个校园，也没有发现自己的被褥究竟在哪里晒着。他想这回完了，肯定是被人偷去了。他一直忐忑着，白天的课就没有上好。傍晚回到宿舍，结果他的被褥已经回到了床上，并且铺展成自己早上整理的那个样子了。

从此，他处处留心，在整理被褥时总是做个记号，回宿舍时再看那记号的变化情况。他并不是每天晚上都尿床，但他做的记号却每天都发生变化，说明有人每天都来动他的被子。只要他尿了床，晚上被褥总会变干，且暖暖的。

他一方面担心自己的尿床毛病被进一步扩散开去，一方面也很是感激这个默默地照顾自己的人。

他想弄明白究竟是怎么回事，就尽量抽出时间多回宿舍，可是很长时间过去了，仍不能发现拿走自己被子的人。

这天，早饭后的第一节课打预备铃后他向上这节课的老师请了假，说自己有些头疼要回宿舍拿药片吃。回到宿舍，他多了个心眼，悄悄地爬到

宿舍最东北角的那张床的上铺，靠墙躺下去，把被子挡在外面，伪装成没有人的样子。在这里，看他那在西南角的下铺，光线、视线都最合适。

上课铃刚刚响过，随着一阵囊囊囊的脚步响，门口进来了对学生最严厉的班主任田老师。他大气不敢出，睁大眼睛看着。田老师进来后，环视了一周，没发现什么异常，就走到他的床前，慢慢掀开被子，看到被他尿湿的样子，快速地叠了一下，就抱起来走了。李伟快速起来，悄悄地在后面看着田老师的背影，最后田老师把他的被子抱回了自家住的小院。

课间操后，他看到田老师回了办公室，就快速地跑到田老师住的小院门口，门紧紧地锁着，他推了推，出现了一道细细的门缝，他看到自己的被褥挂在晾衣绳上……

蚂蚁，蚂蚁

接手新班级上第一节课，高老师就发现一个空位子，他心里动了一下，但没流露什么。等课堂巡视辅导的时候，他好似无意地走过去，桌上课本有些乱，桌面上压着一张纸条："汪兵座位，若有人动，定然挨揍！"他一惊，接着又若无其事地继续巡视着、辅导着。

高老师下课后一了解，汪兵原来是个经常旷课的学生，还好欺负同学，个子很矮小，但全班学生都怕他。他不但能指挥本班比他高大的学生为他干这干那，还能让高年级的学生为他出面打架。班主任告诉高老师说，正准备把他开除呢。

高老师眯着眼睛沉思了一会儿，缓缓地说，先别，我治治他试试。

班主任笑笑，开除不是好法子，但留着影响班级的成绩啊，其实真推向了社会，就有可能毁了他，留下也好，再教育教育看吧。

高老师是语文教师，教学思想很开放，在课外常组织一些活动，学生们很踊跃地参加，他发现在养蚂蚁活动中的汪兵眼睛里贼亮贼亮的，就宣布让汪兵负责这个小组。

这个小组是跨班级成立的，需要好好组织。同时，把蚂蚁养好了，能培养学生的广泛爱好，卖给酒厂、药店也能为组织课外活动增加一些收入。

汪兵接受任务时，高老师只是淡淡地说："我知道你的特长是有一定的组织能力。管好蚂蚁，就看你的了。"汪兵抿着嘴唇使劲点了点头。

此时，很多学生的眼睛里流露出明显的轻蔑神色，汪兵也都看到了。

从这以后，汪兵不再逃学了，所有心思全都用在了饲养蚂蚁上去，指挥着这个小组的学生们，一会儿干这，一会儿干那，小脸上经常红扑

扑的。

高老师发现汪兵爱上《动物》课了。一问教《动物》课的老师，果真如此。在课堂上能听课认真，爱问这问那的了。

这天在他们喂养蚂蚁的时候，高老师很随意地去看，结果大吃了一惊。

汪兵嘴唇上横着两片树叶，双眼眯着，上半截身子左右晃动，嘴里吹出了有腔有调的小曲，另外几个学生就给蚂蚁投食，蚂蚁们出出律律地爬动着，叼起食物使劲搬运着，咬噬着。过了一会儿，汪兵两手就像乐队指挥打拍子一样往胸前一拢，其他几个学生就全部站直了身体，也在嘴唇上横上树叶。待汪兵的手势从胸前再往外一扩时，这几个学生就跟上他吹的调子，一同吹奏起来。过了片刻，他们几个瞅向蚂蚁的眼睛里光光亮亮起来，脸上的笑模样也荡漾开去。高老师发现，怪事发生了，蚂蚁们竟然全都停了下来，好似在竖着耳朵欣赏音乐呐。

他们的吹奏告一段落时，高老师看到汪兵的头上冒着热气，另几个学生脸上也汗津津的，就笑问道："看你们的样子，也真够投入的啦。"

学生们都笑了，腼腼腆腆的，只有汪兵接上了老师的话茬，大方地说："服从命令听指挥呀，您不是让我们管好蚂蚁吗？我们正在训练它、管理它呢。没想到的是，还真有了效果。"说着这话的时候，他们都充满了成功的喜悦。

"下一步打谱怎么干呀？"高老师好奇地问。

汪兵蛮有劲地攥攥拳头，上半身又晃了晃，充满自信地说："老师我已经托人了，给买些有关蚂蚁的书，好好研究一下它们的身体结构啊，生活习性啊，开发前景啊，等等的吧，还包括我们吹树叶，它们是真的有反应，还是有其他原因的一种假反应。"

"行啊，这是什么档次呀，简直有点科学家的味道啊，等等的吧，呵。"高老师耸耸肩，摊摊手，笑着。

学生们也全都轻松地笑了。高老师看到，汪兵眼睛里的光更亮了。

逐渐地，汪兵不再惹事生非了，对其他科的学习也兴趣大起来。不旷课了，学习认真了，成绩就好起来。班主任对高老师说："还真行来，管好蚂蚁教学法！"

　　毕业后不几年，汪兵竟成了镇上的"蚂蚁大王"，办的大型养殖厂被称为"江北第一"，还把蚂蚁卖到了国外去。

　　他在厂里经常说的一句话是："管好蚂蚁！"

瓷

何斌走进来的时候是下午课外活动时间，西斜的太阳把光线柔柔地投射进来，他恰恰站在这抹光线里，青春的脸色好似透亮一样，有一种瓷器的细腻感。

张老师停下叮叮当当的刻瓷工作，抬起头来。何斌的眼睛里有一股亮亮的光，挑战似地望着张老师。张老师没有与他对接目光，低下头，拿起工具又敲凿起来，叮叮当当的，富有韵律感。何斌的眼睛里出现了一丝黯然，直直的脖子软耷了一下，慢慢走上前来，看到老师在一个磁盘上凿刻出了一幅图画，虽是雏形，但成形的部分中小鸟栩栩如生，花枝葳蕤纷披。何斌的眼光又变得亮亮的了。

张老师发现了他的变化，在心里微微一笑，就继续严肃地认真雕刻着，他感到了何斌热热的眼光在他的手和盘子之间来回逡摸，还不时地盯着他的脸看一会儿。

何斌是班里的一个大男孩，身体发育早，身高马大的，有时就欺负其他同学。很多老师头疼，越管他他就越是逆反，越是与你挑战。张老师刚刚接手这个班，就有一个叫王刚的同学找他反映，何斌抓着他要把他的脸按到马桶里去，有几次差一点就把他按进去了，还一边按着一边说："你看多干净，按上也没有什么问题。"把王刚吓得嗷嗷叫，他就获得一种满足感。

张老师了解了一下，何斌并没有真把王刚按进马桶过，但最近几天只要在厕所碰到一起，他总是去抓王刚的后衣领，王刚说要报告老师，他就哈哈大笑："报告去报告去。"张老师知道，何斌就是想引起别人的注意来，你不理他，他失去兴趣也就没事了。但是，王刚会常常产生不安全感，所以张老师就想把这个问题早解决掉。

这次并不是张老师把何斌叫来办公室的，而是何斌感到自己的所作所为老师没管，他感到很失落，就主动晃荡进了张老师的办公室，用挑战的眼神想引来老师的过问批评，然后得到一种满足感，哪里想到，自己都主动走进来了，老师也没有理他，他的斗志慢慢消失了，兴趣反而被何老师的刻瓷技艺深深吸引了过去。

何斌不自觉地把手伸进了自己的裤兜，犹豫了一下，慢慢掏出了一块瓷片，认真看了起来，那是一块上世纪五十年代景德镇产的手工绘制的瓷碗的碎片，并不是什么高档瓷器，他从一些地方看到，收集瓷片也是可以的，就到处里找寻，竟也让他找到了一些，在班里他自己就感到比别人高板了一些。

他犹豫了半天，开口道："张老师，你刻得这么好也。"

"是吗？"张老师顺嘴说道，"业余爱好而已，你看着好？"

何斌鸡啄米一样地点头，但神色中不恭的成分还是有的："是的是的。"

张老师这时才突然发现似的指着他手中的瓷器残片说："你也喜欢瓷器？哦，这有些年头了，快六十年的东西了，尽管不是高档瓷器碎片，现在也难以找到了，说明你下了一番功夫哦。喜欢，并不是非得特别珍贵，那样的话，就成为物的奴隶了。特别是在经济不太宽裕的情况下，更没有必要。人，永远应该是物的主人而绝对不能是物的奴隶。"

看到老师严肃庄重的神色，何斌这时对张老师更加刮目相看了，脸上那种不恭神情已经荡然无存了。

张老师又低下头去敲击小錾子了。

何斌一直看着张老师，见张老师又不理他了，心里更加失落起来，但他在一边无声地磨蹭了半天，又往前凑了一步，恭敬地说道："老师……"

张老师这次迅速抬起头来，看着他。何斌感到老师的眼睛里满是鼓励的样子，眼光好似有了暖暖的温度一样，就终于鼓起勇气，指指桌子上那盘子和老师手中的凿刻工具："我想跟老师学这个……"

"好啊，"张老师这时热情起来了，"不过……怎么说呢，刻瓷是一门

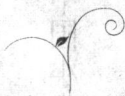

艺术，古人有功夫在诗外的说法，真要学，需要下一番功夫，里面包含着刻瓷者的学识、修养等，你能做到吗？"

"学识、修养？"何斌小声地重复着，头低了下去。

张老师看到差不多了，脸上露出欣慰的笑容，站起来轻轻拍拍他的肩头，何斌的头慢慢抬起来，看着张老师的脸色，张老师说："先学着，有这种意识，慢慢就会好的，来，你过来试试。"

何斌满眼感激，脸上因兴奋呈现出瓷器一般的细腻光滑感，很是高兴，老师把他拉到桌前，让他坐下，手把手地教起来。

此后，何斌就像变了一个人一样，上课认真听讲，作业完成认真，课外活动就在一只盘子前敲凿，有时去找张老师请教一下。

一天，张老师正在办公室里端详自己刻好的那只盘子，王刚来向张老师汇报说，何斌再也没有要往马桶里按过他，并且神秘而又兴奋地说："他现在每天在厕所里刷两次马桶，清晨一次，晚上睡觉前一次……"

张老师抬头狠狠地瞪了他一眼，看王刚的兴奋畅快神情慢慢消失了，才说："回去好好学习！"就又低眉看自己的刻盘了。

桑老师

"下面，请大家自读课文，体会我刚才讲的这篇文章在写作上的突出特色。"桑老师说完，就走下讲台，向门口走去。

学生们大多会心地一笑，认真看书去了。

桑老师并不跨出教室，而是走到教室门口的正中间就停住了，背对着里面的学生，从中山装上衣口袋里慢慢掏出一面小圆镜来，用左手举到额前，随之脖子和腰板也慢慢直起来，头先向右转一下，接着向左转一下，反复几次以后，右手也举起来了，五指曲着，轻轻梳理着自己额头上部的头发，待满意了，再小心地用手心轻压几下头顶的头发，最后加快速度拍拍后脑勺，再在镜子里认真看一眼，满意了，则嘴角向两侧一咧，发出很低但悠长一声"倏————"转身再走上讲台，这时学生们发现他头发一丝不乱，面含微笑，整个人就更加精神了。

桑老师是一个接近三十岁的男老师，讲课极为认真，学生听来津津有味，可就是爱在讲课的间隙里，去整理一番自己的头发。他也不是留有什么特殊的发型，就是一种简易右侧挼的自然倒形式，按说不值得这么隆重地时常去关注它，可他已经成了习惯。往往是几节课后，学生们也就习惯了他的这种做派，见怪不怪了。

可是，学校领导却看不惯，在教师会上不时地敲打他一下："当老师固然要注意形态举止，但注意庄重大方、干练整洁也就行了，也不必刻意求之，分散学生的注意力。"

仅仅说这些，很多人就心领神会地知道是不点名地批评桑老师了，桑老师自己也知道领导的意思，但他也不会接这个话茬儿。

可有时领导感到意犹未尽，就会再加上一句："你说是吧，桑老师?"

在人们的笑声中，桑老师轻言慢语地开口了："屈原那时候，各种香草都披在身上，我们怎么理解，理解不了啊。"那时候刚刚拨乱反正，在一个农村联中里，知道屈原的人很少，会场一下子安静下来，他轻轻一笑，思维又跳跃了，"'盖此身发，四大五常，恭惟鞠养，岂敢毁伤'？不能毁伤，还得多加爱护哩。什么都需要爱护，学校的公共财物更要爱护。"

"又开始转文了。"从《楚辞》到《千字文》的跳跃，又加上不伦不类的爱护学校财产等，很多人已经听不懂，学校领导是造反派起家的，对此更是不知所云了，只好自己找台阶下，"这个，总之，言传身教，一定要给学生做出一个好样子来。"

桑老师还会接过话来："学生学板正比学邋遢要重要啊。"

领导不好在这个问题上纠缠了，就挂了免战牌，安排其他工作了。但人们发现，桑老师却不安分了，一会儿就举起右手来，用分开的五指梳理一番自己的头发。过不长时间，又会重复一次，不过还好，并没有掏出他那个小镜子来。

会议一散，人们都分散开来走去。可是，正走着，桑老师突然一愣，停下了脚步。人们被一挡，眼光就转向了他。

领导小声嘟囔一声："神经病。"但并不敢让桑老师听到，可他会故意让一些老师听到，人群中发出一阵笑声来，领导满意地走了。可走几步回头一看，又气哼哼了。

只见桑老师站在那里，凝神静气地过一会儿，就开始皱眉头了，接着长长吸入一口气："倏——"身体向右弯着，费力地用左手去掏上衣左上兜里的小镜子出来，开始了他那细心地整理头发的过程。

"没治啊。"领导只好一跺脚，赶紧走了。

联中嘛，就是几个村联合办的中学，学校在其中的一个村子里，和村里老百姓打交道就多一些。

星期天下午，有个桑老师班上的学生在上山拾柴的时候，掉到山崖下边摔得很严重，最后没有抢救过来去世了。星期一办丧事，桑老师赶到了。他神色凝重地轻轻揭开自己学生脸上遮着的黄表纸，看了一眼，就转身去拿来一只脸盆，一条毛巾，倒上温度适宜的热水，拧好毛巾，蹲在那里仔细地为这个学生擦拭起来。

学生家长在一边嗫嚅着："小孩子，哪用这么板正啊。"

桑老师什么话也不说，轻轻地为这个孩子擦干净脸上的血污，拂拭去身上的尘土，然后直起身来，舒展了一下自己的腰身，抿着嘴，皱着眉，神色庄重地又蹲下来，伸出右手，分开五指，慢慢梳理起这个学生的头发来，直到整理得顺顺溜溜，才又把那黄表纸遮盖在他的脸上。

桑老师再次站起身来，他的额前头发早就披散了，有些乱，他用刚刚为学生梳理头发的手，细心地梳理好自己的头发，就又赶回学校上课去了。

看着他的背影，乡亲们的眼睛湿润了。

桑老师喜欢照镜子整理头发的这个习惯，保持了一生。

前不久，五十多岁的他因患癌症去世，很多人赶了去。那曾经敲打过他的学校领导也到了，开口提醒着："给桑老师梳好头发啊。"

很多人附和道："我们也是要说这个事儿的。"

王老师

"嗨嗨嗨，往后多帮忙啊。"王老师嘴角咧歪着，笑容从嘴边迅速布满了整个面部的所有部位，任何角落都照顾到了，并就这样凝固着，坚持着，眼睛亲切地看着你，不容你不答应。

其实，我们都知道他的情况，他的妻子没有工作，跟着他在学校里住着，一直闲着没事干。学校沿街的一面盖成商品房出租，他家就要了一个门面，主要卖些学生用品，也兼及其他一些小商品。刚刚开张，他见了我们这些好兄弟就广告起来了。

"那还用说！"我们对他如此嘱咐感到好笑，并表现出一丝斥责的神情。

"怕不说一抬腿再忘了呢。"他解释中流露出的信任融洽了关系。

怎么会忘呢？

周末没事，我们几个人凑在一起要打够级，我跑到他的门头上拿扑克，他正好在，一看见我进来，就笑着说："来了，快坐坐。"

"拿四副扑克。"我站在柜台外面，打断他的热情，直奔主题。

他把扑克递过来，解释说："这种质量好。"

我给他钱，他没接，脸上笑得皱纹更密了一些，推辞道："算了吧。"

"那怎么行？该怎么的就怎么的！"我最怕买熟人的东西人家不要钱，弄得很尴尬。

其实我的担心纯属多余，他接着就摸起我放在柜台上的钱，先用手捻搓了一下票面，然后很自然地举起来对着亮处看了看，然后开始找钱，找回的零钱攥在他的手里并不急着给我，而是先把计算器推到我面前，用右手食指一一按起来，并告诉我这种扑克是多少钱进的货，他是按多少钱卖给我的，"这样，一共让了你八毛钱。"我一琢磨，他这是按进货价卖给我了。但当时我非但不感激，反而心中升起了一丝鄙视，我又没打谱叫你让钱，这是何苦呢。商人，商人就这样算计着做买卖的。我立即脸色一正，也板板正正地说："让什么，不用。"并抽他刚刚递到我手中的钱，递过去了一块钱。他脸色一沉，笑容消失了，很不高兴地推开我的手说："让了就是让了，快收起来吧。"我还是感到不舒服，就又顶了一句："你不是说少赚了八毛钱嘛。"他嘻嘻笑着，往门外推我："走吧走吧，让是我想让的，让了俺不就说在明处吗？"

仔细想想，他说的也有道理。

因为我和他都在所谓的校委会里，所以学校盖一排教室时，校长把我们都领到了工地上说说费用几何等等的。校长蹲在地上，拿着一根小木棒在土里划拉着，说着。这时，我发现，王老师从兜里掏出一个计算器，凑过去递给校长："用这个吧。"我奇怪，不知何时他竟然经常装着一个计算器了啊，真是商人！校长并没有接过去，而是站起身来，扔掉了手中的小棒，双手交叉着拍了拍，才说："让王老师用机器算算，更准确。"于是校长说几个数字，然后问是不是多少。王老师就先是用右手食指一下下戳着左手掌中的一个个键盘，然后连连点头："是，是，是！"

不久后，学校安排我和他到县城里去购买一部分教学用品。由于时间充裕，我们俩商量着决定先逛逛玩玩，然后再去购买。学校地处偏僻的乡下，来到县城了，得先开开洋荤看看景的。走着走着，路边上有一个乞讨的老人，可怜巴巴地对行人一下下地点着头，诉说着自己的不幸。王老师在距离他三四米处停下了脚步，我有些反感，催促他道："走走走，赶紧走。"被我连拉再推地走出了一段距离，他转过头来："怪可怜人的。"我不屑地说："觉得他可怜，就献点爱心呗。"不待他说话，我又提醒道："报纸上电视里的，经常提醒我们，他们一般都是骗子，你愿意上当就去放下点钱。"他看着我，眼睛里流露着请求的神色，商量道："不绝对吧，怎么能都是骗子呢，肯定有真的，咱再回去看看吧？"我只好跟着他，又来到那老人的附近，站住了，他只是静静地看着，并没有往外掏钱，我用手指戳戳他，他就摆摆手，眼睛却始终盯着老人那个破碗，偶尔会有过路

人向碗里扔进一点钱，我不明白他站在这里是什么意思，眼睛四处撒摸着，光想赶紧去逛街，他不知何时掏出他那个计算器来了，等过往行人扔下一份钱，他就在计算器上按一下，我不知道他要干什么，但看他认真的样子，我倒安下心来了，想知道他究竟要干什么，就帮他一起看老人碗里每次增加上的钱数。"一个多小时了，"他看看表，小声说道，"有十一个人向碗里投了钱，但太少了，也就是一块钱多一点。"他停顿一下，肯定地说道，"老人不是骗子，这算不着账啊，干点什么不比这强。"

说着，他走上前去，放在了老人碗里二十元钱，迅速转身就走。我一愣，也赶紧掏出五元钱，往老人碗里一扔，赶紧去追上他："出手大方，不愧是商人！"

他咧着嘴笑着，说的很坦然："我哪是什么商人，就是算计着帮老婆做个小买卖呗。"然后才想起手中还拿着的计算器，赶紧装进了兜里。

不知为什么，我的语调突然变得真诚了，主动招呼他："走，王老师，咱去买教学用品去。

金鸡钻石

枪炮声时大时小地传了过来，距阳都城西南 20 公里的李庄处在一片惊恐之中。人们都知道，日本人已经占领了阳都城，今后不会有安稳日子过了。

村民周绍帮更是坐立不安，他时而愁眉苦脸地坐下，时而又唉声叹气地站起来。

"老周在家吗？"随着问话声，从大门外进来了保长朱希品，"我说老周啊，我来找你坐坐，咱们好好聊聊。"

"保长，您坐。"周绍帮带着一脸愁楚。

朱希品瞅瞅周绍帮的脸色："老周啊，俗话说，鸟为食亡，人为财死，现在日本人打了过来，咱们没有安生日子过了。你种菜园时刨出的小金鸡可得保管好啊，千万别惹火烧身呀。"

周绍帮故作轻松："保长，都是传言，没有影的事儿！"

"唉，这是一颗特大钻石啊，核桃样大，像刚出壳的小鸡一般，他们早晚会知道的！"朱希品很替他着想。

周绍帮觉得不能轻信保长："保长，确实没有，有的话……"

"藏好啊，千万别让日本人弄了去！"朱希品打断他的话，又嘱咐了一句，就走了。

朱希品走后，周绍帮又坐下起来，起来坐下了无数次，终于下定了决心。他走出大门外，向四周仔细瞅了瞅，确信周围没有人后，回来关上大门，上了门栓，才来到窗前的石榴树下，挪开水缸，刨了一个坑，急急地将这颗重达 1 两 8 钱的金鸡钻石细心地埋了下去，然后又把水缸挪回到原来的位置，认真伪装了一番，这才稍稍把心放了下来。

"梆梆梆！"第二天早晨，周绍帮刚起床，就又传来了敲门声，他的心一下子又悬了起来。

他开门一看，一矮壮的日本军官领着十几个日本兵站在他的门前，朱希品也跟在来人之中。这矮壮的日本军官咿哩哇啦一阵后，翻译官走上前来："皇军说啦，请你交出金鸡钻石，为共建大东亚共荣圈效力。否则，死了死了的。"

"这是从哪里说起的，俺从来没见过你说的那种鸡啊。"周绍帮急红了脸辩白道。

矮壮日本军官走上前来，横眉竖眼地哇啦一声，"啪"地扇了周绍帮一耳刮子，向窗前石榴树下的水缸一指，又哇啦一声，两个日本兵跑过去，一枪托子将水缸砸碎，不一会儿，就将金鸡钻石挖了出来。

周绍帮的脸色一下子变得煞白，浑身乱颤，眼看要晕倒，但他还是强忍住了，身子站得笔直。

临出大门前，朱希品又回过头来，发现周绍帮正恨恨地盯着他，便低下头，快速地出了大门。

"罪人啊，罪人啊，我是罪人啊。"周绍帮疯了，不断地重复这句话。

不久，人们发现周绍帮吊死在他家窗前的石榴树上。

据1993年版本《阳都志》记载："到目前为止，我国共发现4颗特大钻石。其中，民国二十六年在阳都李庄发现的金鸡钻石为我国特大钻石之最，重281.25克拉，民国二十七年被侵华日军军官川本定熊掠去。"

叫　好

街上，日军"踏、踏、踏……"的走路声不时响过，反而显得整个阳都城更加沉寂了。

阳都治印名家"抱石居"门前冷落，主人袁顺祥斜倚在柜台里边，目光忧郁地瞅着冷清的街道。

日军进城后的烧杀抢掠已暂告一段落，但阳都人心灵上已留下了沉重的阴影。

翻译领一日本士兵耀武扬威地来到坐北朝南的"抱石居"门前，弯腰道："袁老板，辽谷太一郎中队长请您今晚去长春富贵园看京剧，时间定在七点开始，请务必赏光。"

袁顺祥从鼻中"哼！"了一声。

"今晚是贵和主演的《陶三春》，请您一定光顾，否则皇军还会来请您的。"翻译把"请"字咬得很重。

他们走后，袁顺祥想，这是日军要试探阳都人的抗日情绪到底有多高，《陶三春》中有些唱词是很能煽动起抗争的心境的，特别是其中的"来文杀文，来武杀武"等唱句。

晚上，袁顺祥准时走进了长春富贵园。他发现，里面气氛很压抑。四周布满了荷枪实弹的日军士兵，场子中也有日军在来回走动。座位上坐的大多是阳都名人。

辽谷太一郎看见袁顺祥进来后，立即起身相迎："袁先生，您的篆刻作品大大的了不起。字体蕴藉浑厚，有规矩入巧之妙啊。特别是那敦厚雄放之势，给人一种庄重感。跌宕变化有奇趣啊。"

袁顺祥不置可否地坐下了。

辽谷太一郎眉峰耸了一下，随即一笑："这里，今晚太沉默了，不像戏园子啊。我敢打赌，袁先生，今天晚上，你们中国人是没有谁敢对这出戏叫好鼓掌的！"

袁顺祥又从鼻子里"哼"了一声，未理他。

长春富贵园是闻名远近的著名京剧班子，演艺高超，而尤以贵和演的《陶三春》最为有名，行家评说已臻化境。日军是为了试探，也是为了欣赏。

果真，演出开始后，气氛沉默，整个园子里一点动静也没有。

袁顺祥感到浑身燥热。

尽管气氛很压抑，贵和越唱越来了精神："来文杀文，来武杀武！"

"好！"袁顺祥大叫一声，鼓起掌来。

立时，全场响起了叫好声，鼓掌声。

贵和唱得更有劲了："来文杀文，来武杀武！"

"好！""哗——"又是一阵叫好声，鼓掌声。

这时，袁顺祥感到后脑勺被顶上了一支冷冰冰的枪管，接着"砰"地响了。

台上，贵和正底气充足地第三次重唱："来文杀文，来武……"

又是"砰"的一声，他也倒下了。

整个园子一下子乱了起来，人们大喊："同胞们，一齐动手，与小日本拼了！"

厮打声，枪声响成一片。

《阳都志》载："民国三十二年十一月上旬，日第十二军扫荡时，占领阳都城，在长春富贵园，阳都人与日军赤手搏击，102人罹难。日军死25人，伤38人。"

25

纶 巾

纶巾，即诸葛亮所佩戴之饰物也。据《三国志》记载，诸葛亮是阳都人。但很多人不知纶巾为何物，甚至错误地认为是一种丝织品。其实，它就是用阳都所特产的一种草——纶草编织而成的。进入八十年代以来，许多国家的外商到阳都寻觅纶草，却寻不到了。过去，老百姓一直身在宝中不知宝，把它刨来当柴烧，这种草本植物已在世上绝迹了。

但在阳都高家村，却还有明朝流传下来的一件纶巾，至今崭新如昨。纶草这种植物，具有坚韧、耐烂等特点，制作的纶巾也就能保留长久了。这件纶巾现在在高洪连家，是他的祖上，明朝万历年间的高驸马遗留给后人的宝物，从来都秘不示人。

这日，村里来了两个南方人，撇着洋腔，打听着进了高洪连家，引得很多人都围在他家门口看热闹。

"这个洪连，要发财啦。"有人这样说。

也有人说："祖传遗物，卖的？"

正当人们议论纷纷的时候，两个南方人满脸失望地走了。

"俺家本来就没有这种东西嘛。"高洪连走出来。

"对对，就应这样。"村人都松了一口气，对高洪连直竖大拇指。其实村里人是认定有的，只是过去从不打探。两个南方人的到来才打破了宁静。人们认为，没让南方人弄去，就是好事。

可是，高洪连感到生活的不安静了。认识不认识的人经常在他的门口窥探，让他全家感到不自在，总担心会出什么事儿。

村里的议论也多起来，高洪连听到最多的是这么几句：

"那是无价之宝啊，诸葛孔明佩戴的东西，谁见过？明朝编的也有几百年了，能不值钱？"

"手艺好，主要是手艺好。你们想想，草能编成巾——，丝巾一样的东西，谁见过？这手艺又失传了啊。要是谁都能编，还值钱！"

"你们年轻后生没见过纶草吧？以前，咱们这里满山遍野都是，谁当好草来？说着说着，这不就绝种了。唉，可惜啊。"

议论一阵后，有人就劝高洪连："拿出来让兄弟爷们看看吧，啊？"

这时，他往往是一边笑一边摆手："没有，俺家真的没有这种宝贝，"并反问一句，"哪有来？"

但不久，他家连续被盗了好几次。

再听到人们的这类议论，高洪连就满脸惊恐了："俺没有，就是没有。"

不知不觉间，邻居们与他一家冷淡了起来，没有小孩来叫他的孩子一路上学了，更没有与他的孩子一起玩的了。村里的大人也没人来他家串门子，平时见面脸上都寒寒的，一点亲热味都没有。

高洪连很苦恼，也就经常不出门了。

再后来，高洪连见了人就解释："没有，俺家没有啊。"

"没有就没有吧，谁说你有来？"人们挣脱他，快速离去。

"你有没有关我们什么事啊，神经病！"不久，人们就对他不客气了。

"俺家没有，俺家没有啊。"一些小孩子经常跟在他的身后喊着玩儿。

高洪连的眼直勾勾的，无动于衷，偶尔也跟着嘟哝："没有，真的没有啊。"

他竟真的成了神经病，一家人的日子过得越来越恓惶。

"唉，可惜了高洪连这么棒的一个人，竟废了。"

"他妈的，全该那两个南方人是。"

"他家肯定没有纶巾，你们想想看，一种用草编的东西能保存几百年！明朝到现在已好几百年了啊。"

"那是那是。"

人们逐渐与高洪连一家又亲近起来。

过了一段时间，高洪连的病也渐渐好了，又和常人一样出去干活了，见了人也不再说"真的没有"了。

这天，村头大槐树上的喇叭被"噗——噗——"地吹了几吹后，竟然响起了高洪连的声音："各位兄弟爷们，我是高洪连，有空的话，请来俺家一趟，有件事儿让您作证。"

这话引起了村人的好奇心。喊过不长时间，村里人就到了不少。

只见高洪连站在他家大门口东边的一个麦穰垛前。麦穰垛上放着一张窄窄的草席子，空气里弥漫着一股浓浓的汽油味。

"纶巾害得我好苦啊，现在我不要它啦。"

高洪连一边说着，一边快速地点上了火。火"腾"地烧了起来，有几个年轻的往前凑了凑，但浇了汽油的麦穰垛已成了一个大火团，也就安静了下来。

"他妈的，神经病。"人们愤愤不平。

有人说："这根本不是纶巾，是一领破草席。"

人们又都不理睬高洪连一家了。

那两个南方人又来过几次，以后就没再露面。

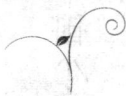

纶　帽

我爷爷说，那时候，咱们阳都境内的漫山遍野里，纶草非常丰茂，很多人家都把它当柴禾，烧水做饭，如今绝了迹，竟变得金贵起来！

爷爷是有感而发，他正在看的《参考消息》上说，一顶阳都纶帽在巴黎的拍卖会上，卖到了 18 万法郎。

接着，爷爷就陷入了对往事的回忆。

民国二十八年夏天，徐向前的部队驻扎阳都，梁漱溟也正好来参观抗战，这时就发生了让我爷爷永生难忘的那件事。

一有机会他就追述这件事儿，并且经常拿出他与梁先生的合影，指着梁先生头上戴的草帽，感慨道，哝，这就是那顶草帽噢。它就叫纶帽，诸葛孔明戴的纶巾也是用纶草编的。但那时候纶帽不值钱，差不多家家都会编。很少有卖纶帽的，就是卖也卖不出几个钱。

当时，梁先生来到了我们阳都双凤村。这里住着徐向前部队的一个连。梁先生与战士们喝了半个月的绿豆地瓜饭，不经意地听到了那件事儿，就从我爷爷家中找出了那顶草帽，与爷爷照了这张合影。梁先生还言犹未尽地连连说，这样的军队才是充满希望的啊。

其实，梁先生听说的那件事儿在我爷爷看来是微不足道的。

有一次，队伍上的一个炊事员冒着小雨去买菜，爷爷就主动把草帽扣在了他的头上，这个炊事员推脱了一阵后，才戴了去。

过了几天，这个参加过长征的炊事员泪眼汪汪地来找爷爷，满脸歉意，老乡，对不起您啦，草帽让我弄丢了，这是赔您的款子。

哎呀，一顶破草帽还赔什么钱！爷爷当时感到很可笑，庄稼人自己编着戴的草帽，俺家里有的是，不用赔！

老炊事员却没完没了，直到爷爷收下他的钱后，才露出笑容。

不久，队伍就又在村前的广场上集合，很多老百姓去看热闹。每回队伍集合都是又讲又唱的，村里人就都爱去看。爷爷那时才十八岁，是爱凑热闹的人，也去了。

看着看着，爷爷就感到这天与以往不同，炊事员在台子上站着，神情很沮丧，爷爷就担心是不是与自己的草帽有关。

一人站在台上来回挥手，队伍就唱，其中有一句是，不拿群众一针一线。爷爷后来才知道，这是一首著名的歌。爷爷说，我们的队伍就是唱着这支歌打下天下的。

唱过之后，炊事员就走到台子中央，满脸痛悔地说草帽的事儿，整个会场就变得一片寂静了。

接着，又有一些战士上台发言，神情都很严肃，最后又有一个当官的讲话，还是说的这个事儿。

对于这件事儿，爷爷唠叨了一辈子，最后总是这样结束，这样的队伍，真严。

让我爷爷更难忘的是，草帽不久后就找到了，炊事员把它晾在墙头上后忘了，结果这顶纶帽被风吹到了野外，正巧被爷爷发现了，顺手拣了回来。

爷爷拿着草帽，又去了队伍上，告诉了炊事员和首长，并要退钱。钱怎么也没退下，队伍上说，纪律要严明，赔了就对了。

当时，梁先生是从国民党省政府所在地东里店进入阳都的。两下对比，梁先生对国民党更加失望，他说他们"纪律松弛"、"酒菜奢侈"、"绝不似身处山村之中，更鲜艰苦抗敌之意"。

从此，梁先生也看到了民族希望之所在，逐渐走向了革命阵营。

爷爷充满怀念地说，梁先生那么喜欢纶帽，本想送他一顶，可梁先生怎么也不要，只是戴了戴，照了这张合影。

爷爷一再说，他那顶纶帽要是保留下来的话，要值18万法郎还多得多。

对他这话，我们都神情严肃地点头，表示相信。

纶　席

纶席，阳都特产，即用编织诸葛孔明佩戴纶巾的材料编织成的席子。这种席子既柔软又坚韧，且冬暖夏凉，是阳都八宝之一。

每年秋后，山岭上成熟的纶草变成焦黄色的时候，百姓们就到自己的山地上收割纶草，卖给高记织席坊，换取几个铜钱补贴生计。高记织席坊用它编席，卖往四方，赚大钱。

高记织席坊的老板高良一是不干活的，他专门雇了一个编席的大师傅为他编席。这个大师傅叫高良运，是他同村的本家。高良运编席的技术是祖传，篾子破得宽窄厚薄一致，颜色搭配精巧，既耐用又美观，销到大半个中国。他和他的后人编的纶席，有一部分被当时的传教士捎回去了，至今在美、英、法等国的一些博物馆被珍藏。

东家待高良运不薄，高良一下午好喝一小气儿酒，酒是阳都名产诸葛老窖，没有其他人的时候，就喊大师傅来一起喝。高良运就有了知遇之感，更加卖力地为东家干活，从没产生过外心。

这年秋天，来了一个神秘的客户，看了看样品后就离去了。

晚上，这个头大体胖、红光满面的客户悄悄地钻进了高良运住的破草房，先是称赞他的手艺，接着说："高师傅，我在咱阳都买了一个地方，想开个编席厂，给你的工钱会比高良一给的高十倍，到我那里去干吧？"

高良运的身体颤抖了一下，抬头看看低矮的破草房和空荡荡的院子，低头不语。

这人站起身来："这样吧，你再考虑考虑，明天我再来听你的信儿。"

高良运抬起头来，使劲摇了摇，坚定地说："别啦，俺不去。"

客户一下子撒了急："给你二十倍的工钱，怎么样？"

高良运知道，在阳都，精通纶席编织的只有自己，他若不去，此人的前功就尽弃了。

但他还是摇了摇头："俺不能去。"

光绪二十七年，阳都大旱，粮食颗粒无收，纶草也只长到寸多高就干了，高良运的生活一下子陷入了困顿。此时，高良一经常地接济他，并把他家的一个丫环送给高良运做了老婆。

从此以后，高良运对东家更加贴皮贴骨、忠心耿耿了。

到民国十六年高良运去世前，他一家人仍然住在两间破草房里，过着捉襟见肘的日子。

而此时的高良一家已由经营纶席发了大财，在上海办起了纺纱厂，越过越红火。

高良运去世后，高良一仍在阳都主持编席作坊，高良运的儿子高小运成了纶席的正宗传人，很自然的继续在他家卖力。

某日，又来了一个年轻的客户，在作坊里打了个逛儿，粗略地看了看样品，一句话也没说就走了。

天黑以后，他又敲开了高小运破草房的门，开门见山地说："我要办个大编席厂，想请你去干，绝不会让你干一辈子住着两间破草房。"

娘在一旁说："儿啊，东家对咱有恩，咱不能做不对人的事儿啊。"

高小运尽管没答应这个人的聘请，却多了一个心眼儿。不久，他就与东家分了手，开始自己编席。看到儿子如此，娘又哭又骂。后见儿子铁了心，也就任他了。但心里一直为儿子借的那笔钱担心。

高良一年事已高，来劝了几次，见他主意已定，只好放弃了自己的作坊。一气之下，搬到上海儿子的纺纱厂去住了。

儿子们一直劝老爷子去上海生活一直劝不动，没想到老爷子自己来了，也就没回阳都去难为高小运。

事实证明，娘的担心是多余的，仅仅几年工夫，高小运就盖起了5间大瓦房，修起了高门大院，日子一天比一天红火。

接着，他又建起了10间编席作坊，雇了20多个短工，还有4个长工，大干了起来。但不论什么时候，他绝对不把编纶席的关键技术传给别人。

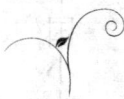

他编的纶席，在高良运的基础上，运用纶草的自然颜色，更加巧妙地搭配，有的编上了八卦图，有的编上了龙凤呈祥，有的编上了牡丹，有的编上了芍药，有的编上了麻姑献寿，有的编上了天女散花，有的编上了"身体健康"，有的编上了"爱情坚贞"。他编的纶席价格大涨，却更畅销了，简直可以说是供不应求。当然，他也成了远近闻名的大富户，财产成几倍地增加。

解放后，高小运被镇压了。使用纶席被说成是地主资产阶级老爷们的生活方式。老百姓就到山上连根刨掉纶草当柴烧以表示革命。又加上高小运没有男嗣后人，编纶席的手艺没有传下来。

现在，在阳都，纶草早已绝迹，纶席也成了传说中的物件。前几年，在美国加利福尼亚举行的一次拍卖会上，高小运编的一领带有八卦图案的纶席卖到了 15 万美元。

之后，很多外商想来阳都投资办纶席编织厂，皆乘兴而来，败兴而归。

编纶帽

袁方海正低着头仔细地编纶帽，就感到有人站到了他的跟前。一抬头，啊呀我的妈，竟是一个五短身材的日本人，身边还有一个低三下四的中国人。小日本才占了阳都不几天，怎么就到我家的门上来了？他又惊又怕，不知所措，愣了。但他还是站起来，拍了拍膝盖和裤腿上的土，胡乱地搓着手。

先是呜哩哇啦了一阵，接着，小日本鬼儿黑糊着脸，伸出粗短的手指，向身边的中国人粗暴地划拉了一下，用生硬的中国话说："你的，翻译的干活。"

这个中国人就学舌道："皇军说了，你不要再编草帽了，大日本的东洋草帽已经运抵阳都了，以后阳都只准卖东洋草帽，不许你再卖这种破玩艺儿。"

这个黑矮的小日本鬼儿一脸凶相地拍了拍腰里挎的大刀，一副恫吓的样子。

"俺的天，不叫俺编草帽俺吃什么？"袁方海一下子急了，顾不得害怕地争辩道。

那中国人直起腰："娘的，你他妈的爱吃什么吃什么，关皇军的什么屁事儿！要是不听话，小心你的狗头！"

"快快快，快把草帽都堆到柴禾垛上去。"翻译又不耐烦地催促。

袁方海没动，日本人"唰"地一下子抽出了大刀，横在他的脖子上。

家人都吓坏了，听话地照着做了。

那中国人到小日本跟前哇啦了一阵，日本人笑了笑。袁方海感到，这才是小日本鬼儿发自本心的笑，里面包含着一种深层的东西。笑过后，点了点头。翻译就过去点了一把火，在这些禽兽充满兴奋的目光的注视下，袁方海的纶草和纶帽被烧了个一干二净。

在他和家人的哭声里，日本人和翻译扬长而去。

时值春夏之交，正是卖草帽的大好时节，袁方海以前给各店铺和地摊的货都被日本人给烧了，他只有眼睁睁痛苦的份儿。走到街上，就看到东洋草帽充斥了大小店铺和地摊。

有熟人说他："袁师傅，东洋草帽咱戴不惯，你快编吧，怕那些小日本鬼儿！"

他苦笑笑，什么也说不出来。

某日，他正在为日见困窘的日子发愁，家里突然闯进了一个矮墩墩的胖子。他一看，气就不打一处来，原来又是那个小日本鬼儿！尽管充满了愤怒，但不敢表现出来，只是脸上显得冷冷的。

"我的，叫小山一郎，"小日本鬼儿黑黑的脸上使劲地挤出了一丝笑容，简直像已烧成的满是裂纹的木炭一样，只从两只小眼睛中能看出这是一个活物，"你的草帽编得大大的好，纶帽是名品，纶草曾编过诸葛亮的纶巾，你的知道不？纶帽编下去，我的统统要了，但不要让别人知道。"

正当袁方海惊诧不已时，这个小日本鬼儿扔下两块银元，又变得面目凶狠了："要不好好编，死了死了的！过几天我来取，谁也不许让他知道。"

"我，我就是想编也没有草啊。"袁方海又气又恨，没好声气地嘟囔着，摊了摊手。

日本人用不庸置疑的话结束了这次见面："就这样，纶草的事儿你想办法。"

他不知道日本人究竟想干什么，不干吧不行，不干没饭吃啊，干吧也害怕，后来他看了看地下的银元，就干了。

他冒着很大的风险，偷偷地到一些村里收纶草，回到家里再打通宵编。好在他技术娴熟，摸黑也能编得很精致。当时他也不敢点灯干，保长经常查夜，一旦查着就不得了。

过了不几天，那个日本人真的又来了，扔下几块银元，就把他编的草帽全部偷偷地弄走了，他的生活又维持下去了。

过了很久他才知道，这个小山一郎竟在侵略中国的时候，偷偷地做买卖。他把袁方海编的纶帽，有的卖到了外地，有的买给了他的战友，他们都很喜欢。

在中国军队解放阳都时，日军全部战死。

袁方海专门去看了看，一下子就发现了已死的小山一郎。

他竟还戴着自己过去编的一顶草帽！

不知怎的，袁方海心里突然产生了一种复杂的感情，说不清，道不明。

去年有一日本友好访华团来阳都，内有一老者拿出一顶纶帽，要求再买几顶新的。但阳都的纶草已绝迹，很多人根本不知道如此精美的纶帽竟是当地所产。

爱的位置

男孩和女孩相识了。两人先是约会，然后就顺理成章地相爱。女孩长得漂亮而大方，也很浪漫。男孩呢，文雅又幽默。女孩对他很满意。

两人经常见面，见面后就并肩去散步。从一开始，就是男孩走在女孩的左边，女孩靠在男孩的右边。他们走啊走，总也走不够，从院内走到院外，不知不觉就走到了大街上。他们这个地方是个小镇，一走上大街，其实就是走上了公路。

他们从来都是并排着走。有时，女孩走到了男孩的左边。男孩就马上拉着女孩的手，把她换到自己的右边去。女孩就嗔怪地嚷："干什么干什么?"男孩就深情地注视着女孩，笑着说："我爱。"

渐渐的，女孩也习惯了。偶尔走错了位置，女孩会自己走回去，靠在男孩的右边。突然意识到，为什么我非听他的，就又转到左边："我得自己说了算一次，就走这边。"男孩就笑嘻嘻地说："我的右手灵活，拉着你得劲儿，动手动脚的也方便一些。"女孩就用拳头擂他："真是又贫又坏。"

女孩总是一次又一次地重复着问："说心里话，你真的爱我?"

男孩认真地点着头，真诚地说："当然是真的，我一天不见你，白天就吃不下饭，晚上就睡不着觉，我都……"

女孩打断他的话："又贫了不是?"

男孩作出痛苦状："真令我伤心死了，到底要怎样你才相信我?"

"还是贫，"女孩假装生气地说，"爱我爱我，你对我的爱到底在哪里，我怎么看不出来啊?"

男孩微笑了一下："大爱无言，真爱无声。"

"不行，你必须说。"女孩撅起了嘴巴。

过了一会儿，男孩见她还是不吭声，好像真的生气了，就说："好吧，我告诉你。"

女孩露出了笑容："这还差不多。"

男孩向右侧着头，认真地说："我对你的爱在右边。"

女孩感到有点失望，有点忧伤："真是的，你怎么就是在这一点上没有幽默感呢。"

男孩说："这不正是幽默感？"

"是是是，"过了一会儿，女孩又问，"心里不爱是吧？"

"爱。"男孩很干脆。

女孩才又高兴了。

后来他们结婚了，又有了孩子。尽管生活逐渐变得平淡了，但他们出去散步的习惯却保持了下去。开始夫妻俩去，接着抱着孩子去，再后来领着孩子去。

他们还是肩并着肩，从不跑前或落后一步。

更主要的是，男的还是走在左边，让女的和孩子走在自己的右边，这个位置绝对不许改变，一旦有所变化，男的会立即换回来。

女的就说："你呀，这是何苦呢？"

男的就宽厚地笑笑，然后一本正经地说："这是爱的位置，怎能随意改变！"

"还是贫！"女的也笑笑，"爱，应该用心，爱的位置应该在心里。"

男的坚定地摇摇头："不，在右边。"

女的看看自己走在右边，感到男的说的也不错，这话其实就是爱自己的意思，就又一次地不再计较了："你呀，真没治。"

后来，在他们又一次散步时，男的被从对面驶来的一辆汽车撞伤，送医院后一直昏迷不醒。女的整天泪眼汪汪地在病床前陪着他，呼唤着他。三天后，男的终于醒来了。

女的眼泪哗哗地流着，搂着他的头，趴在他的耳边，深情地说："我

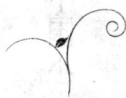

爱你。"

男的以微弱的声音缓缓地说："我也是，不过，你快到我的右边来。"

女的"哇"地哭出了声，一边哭，一边应着，走向男人的右边……

距 离

芹结婚后，感到军子的毛病还真不少。有时就向小姐妹们抱怨，流露出一些不满。她们就劝说："结婚是你自愿的，后悔就不应该了。你们哪有什么大事儿，不就是一些生活小节问题吗？时间长了，习惯了不就中了。"

芹疑惑地问："你们也都这样？"

她们就懒洋洋地应道："差不多。"

芹也就不再说话了，想想也是，从一开始，军子就显出了呆板，只是自己昏了头，没当回事儿罢了。

第一次到他家去，两个人商量着各骑一辆自行车上路，军子就说："我在头里，你在后头。"当时芹很浪漫，想并肩走："不，咱一排走。"

军子没再说话。但是芹怎么也与他并不上一块。军子在前头，总把芹落下两三米的距离。

特别是前边来了车的时候，军子不但不照顾芹一下，反而自己骑得更快了。芹在后边看到，他一般都是正对着迎面来的车的轮子走，直到快接近的时候，才往路边一拧车把，躲一下。而此时，前边的车也已向路中间让了一点。

芹心里就说，显能为！对他不照顾自己的问题，就忽略了过去。

芹有时紧赶几步，撵上军子，刚说几句话，前面又来了车，军子就又兴奋起来，自顾自地向前骑去，把芹再次甩在了后头。

看他那种骑法，芹心里不满意，也总担心，就提醒他："危险呢。"

军子狡黠地笑笑，不在乎："咱骑术高，咱怕什么！"

以后，凡是两人一块骑自行车走路，都是这种走法。有时芹生气了，就越骑越慢，故意落下一大截。其实，军子在前头经常回头看她。一旦发现两人之间的距离超过了他控制的范围，就也慢下来，等她赶上来。芹更生气了，就在转弯的地方停下车来，不走了。

不一会儿，军子就会骑着车急火火地找回来，不放心地问："怎么啦？"

"没怎么。"芹不想和他说话，爱搭理不搭理地。

他就憨乎乎地说："那就好，那就好。"

好你个头！芹在心里恨恨地说。

最后，芹知道军子就是这样呆板，也就没法再在乎这事了。

要光是这一点，芹习惯了也就行了。可远不是这么回事，军子的呆板习惯也太多了。

若两人一块起床，军子总是抢着叠被子。可是芹好睡懒觉，军子就没法了。但芹嫌麻烦，起晚了往往就不叠被子了。可是，军子回家后，即使是已到了晚上，也再去把被子叠起来。芹看到后，心里就有股子酸酸的味道。

总的说来，军子的呆板时常让芹受不了，心里感到别扭，但她又不能说军子的做法不对，于是就有些抱怨。

两个人在一起生活久了，军子的脾气也变得躁了一些，有时就指责芹的一些做法。

再后来，就因为芹的随意和军子的呆板没有磨合好，芹提出要离婚。军子感到很突然，多次表示不同意。最后因怎么也说服不了芹，只好听芹的。

芹提出："咱得好合好散，咱们是骑着自行车走到一块的，这次去办手续，咱再最后一次两人一块骑自行车去吧。"

军子有些难过，没再说什么。

上路后，果然又出现了芹意料中的情形。军子骑着自行车走在前面，与芹保持着固定的距离。一旦前面有汽车迎面驶来，他就会加快速度，对着汽车的轮子往前走。到很近的距离时，再把车把往外一拧。此时，汽车也向路中间让了一下。

都到这时候了，他竟还这样子。

芹心里有气，到个转弯的地方又停下了车。和预想的一样，军子真的又回来了。还急急地问："怎么啦？怎么啦？"

芹又好气又好笑，忍不住揶揄军子说："到这时候了，你怎么还这样呆板？"

看军子没回答，她又问道："你总这个骑法，到底是为了什么？"

军子轻声地说："我只是想让前边来的车给你留的安全范围大一点罢了。"

芹猛然愣住了，心里掀起巨大的波澜，眼角也湿润起来。过了半天，她慢慢推起自行车，转头向回走去……

牵 手

脚下猛得一抖，空气挤扁了，眼前燥起一团黑幔，浓郁的尘土气息刺入口鼻中，几近窒息。

"君，你在哪里？"我怎么也动不了，腰下的部分感到很沉，还有些隐隐的疼，情急之中喊起我的那一位来。

"我在这里。"黑暗中传来他低沉的应答，给人一种强憋着气的感觉，还伴着一阵窸窸窣窣的声息。

我想向他靠过去，可怎么也动不动。可能我的身体被压住了。又试着动了几动，越动越疼，只好作罢："君，这是怎么啦？"

"房子塌了，可能地震了。"

我着急道："过来，过来，你快过来。"

"我来啦。"说话间，他两手已紧紧地抓住了我的手。

"啊——"我轻松了一些，"我们只要在一起。"

"是的，只要我们在一起。"他使劲地握握我的手。

我一下子感到浑身充满了力量。可是，接着我也就明白了。我的腰下部分是被坍塌的房屋压住了。这会儿下半身已经无感觉。我会死去的。这念头一闪过我的脑际，就不由地"呜呜"哭出声来，腰部也开始剧烈地痛起来了。

"霞，你怎么啦？"黑暗中传来君极为柔和的声音。

"我被压住了，腰以下全被压住了。我会截瘫的，我会死的。今后我怎么办啊？"我声音呜咽，失望极了，几近发疯。

很长一段时间，君一直没有回声。

我也慢慢平静了下来。

"霞，外面是大白天，我们这里一片漆黑，说明我们这里被压得很厉害。我们必须面对现实，等待援救。我们所处的空间很小。但人们一定会来救我们的。"君极为平静地说着，牵着我的手也使劲攥了攥，"还有地方向里面进空气，我们一定会活着出去的。"

过了一会儿，我又烦躁起来："要是真的瘫了，活着出去又有什么用？"

"不会的，绝对不会的，"君语气很平静，肯定道，"出去后我们就结婚，你会给我生一个像你一样可爱的女儿，也长着一头像瀑布一样的黑黑的长发，漂亮极了。"他充满憧憬，说着说着竟"嘿嘿"地笑出声来。

我知道，他想让我振作起来，可我仍很沮丧，懒得吭声。

"我们说过的，要永远好好活着。"他声调低沉，动情地说着，又使劲握握我的手。

是的，有一段时间，因为我与继母不和，很消沉，感到活得很无聊，有时甚至不想活下去了。

他就劝我，活着不容易，要好好活着。异性的关爱使我又鼓起了生活的勇气。

但是，若真的瘫了，我以后怎么活呢？

他又笑道："霞，你还记得吗，我们是怎么相爱的？"

当然记得。有一天，我在单位里受了气，直想哭，但从小倔强的我并没有掉泪。下班后，君来到我的宿舍，默默地坐了一会儿，平静地说："别生气了。"

"谁生气了？我才不生气呢，也不值得我生气。"我不承认，脸上尽量显得平静一些。

"人总会经常遇到不如意的事，遇到让人生气的事时不生气是假的，但一定要及时走出来。"他不管我，继续说下去。

我终于"哇——"地一声哭了出来。

他很自然地拉起我的手："多漂亮的女孩，再生气就变丑啦。"

我"扑哧"一声笑了出来。

不断交往中，我们总是互相关心，后来就自然地相爱了。

我正沉浸在回忆中，君又充满感情地呼唤我："霞，亲爱的，我俩是手牵手走在一起的，今后让我们在生活中继续牵着手走下去。"

我好感动，心中充满了温馨："以前，我常惹你生气，今后我再也不了。"

他轻轻抚了一下我的手背："你这个小坏蛋，那次我去你的宿舍看你，在大门口碰见你，你却坐上公共汽车跑回了家，简直把我气死了。"

"我是故意的，"我无声地笑了，"故意惹你玩儿的。"

我羞羞地说："俺不是和你一直好到了现在吗?"

我又说："以后我不啦。"

"别，"他拉拉我的手，"生活就是这样，有喜有忧。"

"那我就还惹你生气。"我又不自觉地撒起娇来，好像我们没被埋在房子里，我并没被压住一样。

有时我们睡过去，但我们的手始终牵在一起。

后来，我的嘴发干，并且越来越干，话都不想说了。

君总是不时地向我讲我俩相爱中的一些有趣的事情，使我在痛苦中甜蜜地回忆着。

时间就这样慢慢过去。

人们终于来救我们了。

我们露在了天地之间。

一直牵着我的那只手慢慢滑下去。

我艰难地转过我沉重的头，看我的君，啊——!他竟是从胸部以下全被压住了，他的嘴唇全裂了，血迹正在凝结，嘴角上的血是从口中流出的。

"君，君——"我张张嘴，大声叫他，却喊不出声。

其时，我的君已没有回音……

如今，我永远地坐在了轮椅上，但我会好好地活下去的，为了我的君的那一片心意……

一辈子也不说

咱们自己的队伍就要来了。村里通知妇女们连夜做军鞋，烙煎饼。部队一来到就炒咸菜，煮鸡蛋，烧开水。

杏花正忙着，妇女主任过来了，用拳头捅捅她的腰："杏花，你看——"

在妇女主任指的地方，战士们正分散地坐在地上，吃饭，喝水。有几个侧着头，不时地拧几下脖子。杏花看不出什么来，就笑笑："有什么可看的，嫂子？"

妇女主任把头侧向右肩，来回地拧脖子，然后就看着杏花鼓囊囊的胸脯笑起来。

"嘻嘻，你傻啦吧唧地嘻什么？"杏花不解地问。

"杏花，"妇女主任的脸色突然变得非常严肃，一本正经地问，"有一个重要的事儿，只有你能办，这个这个……你？"

杏花着急了："你看你，嘴里含着面糊涂一样，有事儿你说不就是吗？"

妇女主任好似下了很大的决心，才说道："这些人中，有十来个得了耳底子，耳朵眼子里往外淌水，很难受，听事儿也听不清。你说说，不就影响打仗吗？你是知道的，用热奶水往耳朵眼里滋滋，几回就能好利索。你给弄弄，行吧？"

杏花的脸腾地红了，闭着眼，用两个拳头擂着她："你，你怎么想的来？还不羞死人？"

"唉——"妇女主任叹了一口气，点点头，"也是啊，只是苦了他们啦。"

　　杏花的心被搅乱了，看妇女主任渐走渐远，她又赶了过去，低着头，眼睛瞅着脚尖："嫂子，你陪着俺，咱去弄吧。"

　　妇女主任走到战士们中间，和一个干部模样的人小声商量了一阵子，那人就点了头。

　　杏花走进自家屋里，把窗子遮得严严实实，然后走到门口，向妇女主任招了招手。

　　妇女主任就领着一个战士走过来。进屋后，杏花立即把门关死，走到战士跟前："大兄弟，咱先说好，你，不许看，啊？"

　　战士唰地站起来，"啪"地敬了一个礼，眼睛湿漉漉的，声音哽咽着："是，大嫂。"

　　杏花捂着嘴，偷偷地笑了。

　　战士坐到凳子上，妇女主任站在对面，用双手扶着他的头，向左肩头歪去。杏花站在他的右侧，慢慢地解开衣襟，用双手托起自己那鼓涨涨的乳房。她把乳头缓缓地向那战士的耳孔对去，战士头歪得太厉害，自己的乳头又太前挺，就怎么也对不准。她急道："嫂子，正正。"妇女主任把战士的头扶正一些，使耳孔正对着杏花的乳头。杏花咬着下嘴唇，双手开始用力捏自己的乳房。于是，奶水就直射进了战士的耳孔。战士感到耳朵里一阵热乎，痛痒的感觉立即减轻了。另一个耳朵经过了同样的程序后，战士仍坐着不动，等杏花盖好前胸，直到杏花轻声细语地说了"好啦"，他才站起来，又给她俩敬了一个礼，哗哗地流着眼泪向外走去。杏花大喊一声："等一等。"这个战士又转回身来，还是满脸泪水，等杏花说话。杏花害羞地说："大兄弟，千万不要和旁人说这事儿。不的话，唾沫星子会淹死人啊。"他庄严地点点头："一辈子也不说。"

　　这支队伍中的十几个得了耳底子的人全部被用杏花的奶水治了一遍，杏花也逐一嘱咐了，最后回过头来，看着妇女主任，妇女主任赶紧说："我也保证一辈子不说这事儿。"

　　就这样，队伍在村里住了五天，杏花让妇女主任陪着，用自己的奶水每天给他们治两遍，到开拔的时候，他们的耳底子全好了。

　　队伍就要出发了，十几个战士在那个干部的带领下拥到杏花家里，哽咽着:"嫂子,我们一辈子都不会忘记您的大恩大德啊。"说完,啪地一下,立正,敬了一个礼,然后就踏着大步走了。

后来,杏花的生活很艰难,妇女主任来到她家里,淌着眼泪说:"现在早已解放了,上边正到处里找红嫂,据说已经找到不少,杏花你也是啊,那事儿我就说了吧?"

"不,"杏花使劲摇摇头,"一辈子也别说这事儿,咱不是早就说好了吗?"

紫桑葚

"小鬼，怎么好像不太对头啊？"他四下里扫了一眼，问警卫员。

警卫员扭头向西面的山峰看一下——每个山头硝烟滚滚，枪声炮声此起彼伏——就把两脚"啪"地一并："报告首长，老乡都躲了，门没顾上锁。"

"哦，打仗嘛。"他若有所思地点点头，"咱们就在这里落脚吧，老乡的东西，我们要照管好啊。"

紧张忙碌过后，瞅点空隙，他走出房门，两手举过头顶，伸了个懒腰，然后看看田野里的青草和绿树，感到舒坦了一些，正想转回身去，钻进耳朵里的枪炮声中，似乎夹杂着一种若有若无的"嗞嗞"的声音。他仔细听了一阵，就来到西屋门口。警卫员立即跟了过来。他先敲了敲门，没动静，就慢慢推开虚掩着的秫秸扎的门。迎门是一个大秫秸箔箩，里面养着已长到一寸左右的蚕宝宝。一条条蚕虫，在蠕动着，叠压着，有的还把头抬起来，来回扭动几下。他笑了笑，慢慢退出来，又轻轻地把门关上。

回到正房的指挥所，他问了一下25、26、27师所在的具体位置，命令道："不许从任何人手下漏掉一个敌人！"

他端起茶杯，举到嘴边，还没碰到嘴唇，又猛地放下，桌面被碰得响了一声，人们都抬起了头。他谁也没看，大声叫道："警卫员！"

"到！"两个警卫员跑到他跟前，举手敬礼。

他严肃地看了他俩一眼："我命令你俩，马上去给我采一筐桑树叶子来，要干净，要肥实。"

警卫员稍一愣神，随即大声应道："是！"看着警卫员跑步出了院子，他的脸上露出一丝微笑。然后，又大步走到地图前，看了看部队目前所在的位置，轻轻地舒了一口气。

一个多小时过去了，两个警卫员还没回来。他默默地站起来，又慢慢地走到西屋门前。手刚伸到门上，又猛地缩回来。他自嘲地笑了笑，走到大门口：

"这两个小鬼，怎么搞的?"

又过了一会儿，门口传来怯怯的声音："报告首长！我俩没看到桑叶。"

他看了他俩一眼，见他们还喘着粗气，一副疲劳的样子，就把心里腾起的火强压下去，指指他俩，冷冷地问："怎么回事?"

警卫员回答："在方圆两公里之内我们找了一圈儿，没有桑树，所以……"

另一警卫员说："西边倒是有三棵桑树，但被炮火打得光秃秃的了，树上一片树叶也没有了。"

他锁着眉头，没吭声。过了半天，才又轻声说道："你俩再去一趟，要扩大搜索的范围。"他把手使劲儿往下一按，声音略大了一点儿："但必须采到桑叶。"

"保证完成任务！"两人的眼角有点儿湿，敬礼后拿着筐又跑了出去。

四下里的炮火仍很激烈。他的心里有点儿为自己的警卫员担心，两个小鬼可要小心哟。他不敢分散自己的精力，又马上把注意力转回到对战事的考虑上。

太阳已经过午，当他再次抬眼往大门外看时，两个警卫员终于走进了视野。

两人抬着一大筐碧绿的桑叶回来了，脸上显露着兴奋的神情。

他走出来，高兴地说："给我给我，你俩快去喝口水。"

但警卫员并没有走，与他一起抬着桑叶来到西屋。

他瞅着一个个蚕宝宝，嘿嘿地笑着，慢慢抓起一把桑叶，反过来顺过去地看了看，没有杂质，只是叶柄上带着几个紫色的桑葚。他把桑葚摘下来，塞到警卫员的嘴里。

警卫员没防备，只好吃了："首长?"

他笑了："慰劳你俩一下。"

说着，他小心地把桑叶撒到箔箩里。蚕宝宝快速地蠕动起来。唰唰唰，绿油油的桑叶一会儿就被咬出一个个大豁口。他又抓起一把桑叶，摘下桑葚，放到旁边的一只小凳子上，再把桑叶撒给蚕宝宝。

警卫员看到首长非常投入，就咂咂嘴，小声说："首长，桑葚真好吃，您尝尝吧。"

他摇摇头："不，给房东的孩子留着吧。"

炮火越来越猛了……

不久以后，被写入战史的孟良崮战役胜利结束。

躲出去的房主人回来了，他发现自己养的蚕吃得很饱，旁边一只筐里还有小半筐桑叶。在一堆紫色的桑葚边，还压着一张纸条：

　　打搅了，感谢给我们留门。

许世友
1947. 5. 16

看到这里，老乡的眼睛湿润了。蒙眬中，他发现那堆紫桑葚更鲜亮了。

消 失

做了一个月的月子，芬还就是没有出过大门口。这其实还是沾了住的地方偏僻的光，不的话就是最近打的这一仗，也不可能光趴在床上捂捂孩子的耳朵就行了。婆婆一再嘱咐，枪炮声大的时候，一定搂好孩子，别震着，芬做到了。从昨天开始，到处都安静下来了。家里人也弄明白了，这个大仗发生在孟良崮一带。

太阳刚刚出山，已经做完月子的芬迎着凉爽而又暖煦煦的小风走出家门。树叶已经长全了身量，嫩嫩的绿叶上晃动着耀眼的阳光。空气格外清新，吸一口，心肺好似被清洗了一遍似的。芬感到一切都成了新鲜的，连地上的小草，她也不时地用脚去拨拉一番。

她又深深地吸进一口带着阳光的空气，抬起两臂向上伸展着身体，突然哎哟一声，立即又放了下来。孩子太小，吃奶不多，而芬的奶水又特别旺盛，刚才这一抬手，又惊了奶了。鼓胀胀的胸脯疼痛一阵，奶水就自己往外流淌起来，胸前的衣服立刻湿了一大片。她羞涩地笑了笑，偷偷向四周瞥了一眼，没有一个人影，就放心地向自家的场院走去。

场院里还有一攒去秋堆放在那里的玉米秸，她要去拿点来做早饭用。玉米秸被捆成一捆捆紧靠着站在那里，干枯的叶子在微风的轻抚下，抖动着，发出轻微的"营儿营儿"的悦耳声音。芬拽开一个玉米秸捆儿，正想用胳膊夹起来往回走，猛然听到一声干涩的"哎哟"声，低头一看，"俺那娘哟！"有一个人不知是什么时候钻进来的，一双脚已经暴露了出来，但身子还在玉米秸攒里。芬迅速跳了开去，胸脯一颤，奶水又往外淌了。过了一会儿，玉米秸攒里又传出一声"哎哟"。芬又慢慢向前靠过去，小心地拉开了几个玉米秸捆儿，原来是一个十七八岁的半大孩子躺在那里，

肩膀附近的衣服上有黏糊糊的血斑，一条裤腿上也有大片血褐色痕迹，芬看到他是个受了伤的兵，怦怦跳着的心渐渐和缓下来，不太害怕了。

她蹲下来，仔细地看着，这个人身子僵硬着，嘴里半天能发出一声痛苦的轻微"哎哟"声。芬看到他发音是很艰难的，嘴已经很难张开，嘴唇外侧干得起来了一层白皮，很多已经爹煞起来，有些地方出现了一些裂缝，有红红的血迹往外渗着，嘴唇翕动的时候，开口处有稠稠的黄白色粘液牵牵连连地粘连着，他是干渴得太厉害了。

芬心里一动，这孩子太可怜了，这么小就出来当兵，受伤后还不知是费了多少劲才来到这里，要是爹娘知道了还不知心疼成什么样子。她的眼睛有些模糊，抬手抹了一下，是泪水。这一抬不要紧，自己的奶水又惊了。她突然想起来，村里人治孩子干嘴唇最好的办法是用女人的奶水擦抹，擦抹几次就会好的。

芬的脸红了，猛地站起来，愣怔了一会儿，右脚往地下一跺，又慢慢蹲下来，但她又愣住了，失神地看着躺在地上的这个人，半天后，她又站起来，把自己刚刚拉开的玉米秸捆儿又攒了起来，但留的空间比原来大多了，玉米秸捆儿之间也有了很多空隙，她从好似小门口的空隙钻进去，在玉米秸攒里面的空间里，又一次蹲了下来，侧过身子，轻轻解开了自己的大襟褂子扣襻，犹豫着慢慢掀起里面的贴身小衣，右手托起鼓胀着的乳房，左手食指从乳头处接起奶水来，然后轻轻抹向这个人的嘴唇，一次，两次，慢慢地，嘴唇张开了。芬想停止，这个人的嘴唇反复地张合着，不一会儿那上下嘴唇之间又发生粘连了。芬的奶水这时竟不断线地直射出来，她下意识地两手拿着自己的乳房，让乳头对准了这个人的嘴唇，呈直线射出的乳白色液体就源源不断地流进了他的口中，他的嘴唇不断地张合着，慢慢地他的头抬了起来，急不可耐地一口叼住了芬的乳头，大口吸食起来。芬一愣，浑身一哆嗦，可看看他紧闭的眼睛，也就任他了。这只乳房被吸空后，芬感到一阵轻松，于是就及时地送上了另一侧的。这个人毕竟太干渴了，也就接着吸起来。突然，他猛地松开了芬，发出了好似狼嗥一样的声音。芬一惊，原来他已经睁开了眼睛，看到了眼前的真实情况。芬吓了一大跳，马上转过身去，快速拽下小衣来，慌慌张张地系上了褂子的衣扣襻，钻出去夹起一个玉米秸捆儿跑回了家。

到了中午时候，芬还是感到心神不宁的，好好寻思一下，其实心里还是放心不下那个人。她既盼着那人已经走了，又不放心真走了。家人都出去干活了，她掀起锅盖来看看，还有婆婆为自己熬制的鸡汤，就又续上一把火，烧热了，拿一个小盆盛了，用包袱提溜着，又来到了场院里。拉开玉米秸一看，那人还在，她长长地出了一口气。那人看见她，叫了一声大姐，就哗哗地流下眼泪来。芬把盆里的鸡汤全部喂他喝上。芬知道了他是来打孟良崮的，受伤后掉了队，是自己瘸着腿来到这里的。

下午，芬赶紧报告了村里的干部李大叔，李大叔就派人把他送到了部队医院所在地的北大山里。

几个月后，李大叔又上门了，说他又见到那个小战士了，并知道了那件事儿，问她是真的吗？

芬在承认的同时扑通跪下，求李大叔千万不要再告诉第二个人，她说让人知道就抬不起头了。李大叔知道这事非同小可，信守诺言，从不对人说。

后来沂蒙山区发现了那么多红嫂，很多人想找到她。那被救的小战士也多次回来寻找救命恩人，都没能把她找出来。

割青麦

这些日子，一直在过队伍，有时是咱们的，有时是国民党的，肯定是要打仗了。

刘兆瑞在自己的麦田里拔着杂草，想心事。他是接近四十岁的人，经历的事不少，有自己的判断力。小麦青青的，长势不错，已高过他的膝盖。看着眼前快要收割的小麦，他的心里恣悠悠的。自己的老婆又要做月子了，这回一定要让她吃得好好的，奶水下得足足的。好不容易娶到这个女人，生第一个孩子她没捞着享点福，苦了她。

这天，村里住进了自己的队伍，人很多，牲口也不少。村干部正挨户下通知，要求乡亲们给队伍上送粮、送军鞋、送饲料。刘兆瑞把老婆烙的煎饼拾掇了拾掇全送到村里，还把攒了很长时间的整整一篮子鸡蛋也拿了去。村干部知道他老婆快生孩子了，不收。他生了气，发了火："好日子是怎么来的，我又不是不知道。只要咱根据地别让国民党占了去，以后的日子还愁啥啊？我把它送给咱们的队伍上，他们吃了，好有劲打仗啊。"

村干部就在村里多次表扬他，很多人见了他，也很羡慕地和他说话，他就更有劲了。

人多，所需就多。队伍上又缺饲料了，村里的妇救会长又挨门动员。

刘兆瑞正处在极度兴奋中，还想再次受到人们的称赞，就兴冲冲地商量老婆："妮她娘，我想把咱家的麦子割了它。"

老婆腆着个大肚子，还没听明白："你说什么？"

"我是说，把咱们地里种的麦子割了，送给部队上喂牲口，好让它们吃得饱饱的去打仗啊。这个时候的青麦最有养分，又没有麦芒扎胃，正合口。"刘兆瑞把自己的打算，详细地说给女人。

女人跺了两跺脚，眼圈红了红，嘴唇气得哆嗦着："你、你、你，不想过日子啦？"

"想——，打完仗咱就能过上好日子了。"刘兆瑞笑着说。

"可是，你看看家里还有啥？咱不就盼着这点麦子打下来，别断了顿嘛。你再把它割了，青黄不接的，往后怎么办呀？"女人想得很现实，"我去找找干部，和他们说说去，这时候割麦子伤天理。"

刘兆瑞的脸色沉下来："人家干部又没让割青麦，我不是想队伍上也难吗？"

女人坚定地说："不行，绝对不行，你要割了麦子，我和你没完，你爱跟谁过跟谁过去。"

看老婆不同意，他就不再说什么了。

可是，他的这个想法并没有改变。到天偏晌的时候，他瞅老婆不注意的时候，扛起扁担，挽上皮绳，抓起一张镰刀下了麦地。站在地边上，青青的小麦在 5 月暖风的吹拂下，波浪似地起伏着。他攥过一把麦子，轻轻地摩挲着麦梢，感到有一股暖暖的气息传过来，让他有一种很舒服的感觉。他捽下一杆小麦，轻轻地用手慢慢扒开。还被包在里面的麦穗嫩嫩的，放在嘴里一咬就断，有一种清香就弥漫开来。

又过了半天，他咬咬牙，下到地里，左手拦腰抓住一把麦子，右手里的镰刀贴着地面，向后一拉，"唰"的一声，一把麦子割出来了，他的心也随着颤了一颤，后来，他就光感到"唰唰"的割麦声了。

就像有一种感应，他一抬头，老婆果然站在地头上，满眼失望，愣怔着，半天不说话，最后嘶扯着嗓子喊道："没法过了！"转过身，呜呜地哭着跑了。

此时，他还是没有感到事态的严重性。他想，不就是这么点麦苗子吗？过天栽上地瓜，种上玉米，不是照样长吗？过去青黄不接的断了顿的时候多着呢，不也没饿死吗？再说，打完仗，不就过上安稳日子？所以，他照样在地里割着青青的小麦。

等老婆和妇救会长急火火赶来时，他地里的麦子已全部割倒了。

老婆嚎了一声："这以后可怎么过日子吧。"就慢慢地躺到了地上。

"你。"妇救会长恨恨地一指他，就去扶女人了。到了这一步，她知道再说什么也无用了。

　　后来，他把这些青青的小麦全都送到了队伍上。

　　几天后，孟良崮战役打完了，咱们自己的队伍胜利了。

　　可是，刘兆瑞的老婆领着大闺女，腆着肚子也走了，再也没有回来。

　　看着他打光棍，他的老娘就骂他："你这个憨种，你说你怎么就这么憨呢！"

　　他笑笑，并不说什么，细心人能看到，他的眼睛里好似有一丝苦涩在飘荡。

　　也多次有人为他做媒，就是说和不成。最终，他打了一辈子光棍，孤独地度过了一生。

石竹花

她伸出手去，捋过一枝石竹花来，嗅了嗅，就闻到一股淡淡的清香。一放手，那纤细的枝叶又弹了回去。这一片石竹花那红艳艳的花瓣，在轻风的吹拂下，就像一只只漂亮的蝴蝶在翩翩起舞。她忍不住又伸出手去，把几枝石竹花揽了过来。她仔细地看着每朵上那五片花瓣，感到这花漂亮极了。

她用大拇指和食指捏住一棵鲜艳的红花，细心地掐下一朵来，把头向右肩一偏，光洁的笑容就浮上了面颊，纤细的汗毛在阳光的照射下挂满了温柔，她的左手拿着这朵石竹花向右鬓角插着。她的手一下子落在了右肩上。花，没有插住。她才像猛然想起什么似的，轻轻地叹出一口气，把花朵放在了衣襟上。

"我要，我要。"这时，从她身后的山洞里跑出一个小男孩来。

她拿起那朵石竹花，又举在鼻下闻了闻，然后递给小男孩："振振，赶快回到洞里去。"

她叫萧萧，是沂蒙山区的本地人。此前她是一名参加革命三年的战士，是这1941年的日本鬼子大扫荡让她放下了武器。这次扫荡开始时，上级决定让她带着首长的孩子回她的村庄躲避起来，以保护好革命的后代。上级说，不能带着个孩子与敌人周旋，就只能如此。

当时，她颇感踌躇。家中父母早已去世，哥嫂自己过日子。一个十八岁的姑娘家，突然领着一个孩子回去，让她怎么向乡邻们解释？哥嫂处又怎么交代？再说，这也太容易引起注意，惹来麻烦，一旦出了纰漏，怎么回来交差？于是她鼓起勇气，向上级陈述了自己的理由，上级也感到有道理。这时首长说："不行的话，先送到老乡家里养着吧。"首长的几个孩子已分别送到老乡家，有的还因病夭折了，怎能再把眼前唯一的这个送去！她说："孩子还是我带，但是不回俺家那个村庄，我领他到东乡去，出去十几里地就没人认识我了，反扫荡结束，我就把孩子领回来。"

由于战事紧迫，就这样决定了。她换上破破烂烂的农家衣服，把头发铰了去，并往脸上抹上几把灰，领上孩子就上路了。

后来，她来到了一个叫九道沟的村子，找到抗属尹大娘家住下。这里还比较安静，她和孩子过了几天安稳日子。但不久，日本鬼子的扫荡就波及到了这个村子。她只好领着孩子跑到北山上一个山洞里躲起来，等着尹大娘抽空给送点吃的来。这样蹲山洞的日子，她和孩子已过了好几天了。

这时远处又传来枪炮声，她知道是日本鬼子又来了。她看振振已走进山洞，就又转头盯着山下，密切注视着情况的变化。突然她发现远处有一队人向这边走来，看那架势就是日伪军。这几天躲在这个比较宽敞的山洞里，她并没有忘记随时可能出现的危险，已想了一些应付万一的办法。前天她已经在上边的一个石劈缝里发现了一个小洞，门口长满了山酸枣棵子，葛针特别密，遮蔽得很严实。现在，她当机立断，快速地回到洞内，拉着振振，带上还剩的一点饭和水，来到那个石劈缝前，她顾不了许多了，用细嫩的双手抓住山酸枣棵子，把它们拉向一边使洞口露出来，先让振振钻进去，她才慢慢侧转身子，自己也转入这个小石洞内，她的双手已被扎得又麻又疼，一粒粒通红的血珠汪在手上，她嘴里吸吸溜溜的，双手乱甩着，一停下来，手上又形成了一道道细细的血痕。

尹大娘第二天还没有来送饭，她走出去时看到原来的那个山洞里一片狼藉，日军果真搜查了那个山洞。山下的村庄里到处冒烟，还时常传来零星的枪声。振振一直在嚷饿，她正愁呢。突然，那片石竹花又映入了她的眼帘。她跑过去，用手摘起花和叶来，摘满一兜就用衣襟兜着回到洞里。

"振振，想爸爸和妈妈不？"

"想！"孩子的眼里一下子蓄满泪水，点点头。

"为了使自己有劲回去找爸爸妈妈，就得吃东西。这花和叶都很好吃，咱们要使劲吃它一顿。看，就像我这样吃。"说着，她往自己嘴里塞进去一把，香甜地咀嚼着，吞咽着。

振振跟着吃起来："不，不好吃。"

"不好吃也得吃啊，吃吧。"

就这样，她领着孩子在山洞里吃了 3 天石竹花和叶，第四天终于等来了送饭的尹大娘。这几天，尹大娘也被围在了村里，日本鬼子一走，她就赶紧上了山。

二十多天后，日本鬼子扫荡结束，她领着振振才又回到了部队。

她交下孩子，换上衣服，洗洗头，把右鬓角用卡子卡起来，就跑到了野外。来到有石竹花的地方，她惊喜地看到，它们还在热烈地开放着。她立即掐下一朵来，把它慢慢插到了右鬓角的卡子上……

姑　姑

"梆——噗——梆——噗——"只要听到这种一重一轻、一清脆一扑嚷的声音，村里的人们就知道，这是我姑姑来了。

这种声音伴陪了她整个后半生，给她的生活带来了极大的不便，但她那爽朗的笑声让人们一点也感觉不出她有丝毫痛苦，她甚至和一些大男人开起玩笑来："老五，干点活不好啊，在这发懒晒日头！大嫂子，看你怎么没劲啊，想男人了？"

人们也就七嘴八舌地开起她的玩笑来："瘸子，嘴再发贱，小心遭报应再变成哑巴啊。""不发贱着还成了瘸子？"

"狗嘴里吐不出象牙来，"她摆摆手，"和你们说不到一块儿去，走了！"她右胳膊下挂着的拐杖稳稳地在地上立着，身子迅速转了一百八十度，先是左脚"噗"的一声，踩住了，然后右边挂着的拐杖"梆"的一声也落地了，随着"梆——噗——梆——噗——"的声音，她稳稳地向前走去。人们往往会无声地看着她走远了，才再该干什么干什么。

人们说的她发贱的事，其实是和鬼子的一次扫荡联系在一起的。

东辛庄是八路军机关经常光顾的一个地方，姑姑那时还不到二十岁，看到队伍里有一个年轻的女干部就感到很亲切，一有空闲她就来和女干部拉呱。这女干部也经常拉着她的手亲得不得了，慢慢地两人就成了好朋友。

村前有一座不高的小山叫吉泰山，上面建了很多圩子，是前些年防土匪的。女干部是广东人，断文识字的，就想上去看看碑上的文字记载。这天有些空闲了，她二人就结伴登上了山顶，尽管气喘吁吁的，女干部还是举起双臂，高声喊起来："啊——我来了！"风有些大，把她俩的头发都吹乱了。看着平缓的山顶、满山的石头房和山边的围墙，她问姑姑："这也是崮哎，你看四下里大都直上直下的，多险峻啊，易守难攻，标准的军事要地。"

姑姑多次上来，已没有新鲜感了，所以只静静地陪着她，并不怎么说话。看完碑文，她们又向前走去，西南边的悬崖壁上的石缝里一丛野生的黄花开出了几朵鲜艳的花儿，顶在细细的杆儿上，迎风来回摆动。女干部很好奇："哎，快看快看，真美啊。"姑姑说："不就是黄花菜吗，好长在让人够不着的地场，让人干眼馋。"

女干部突然不说话了，若有所思的样子，眼里呈现出一丝忧伤，垂下了头去。

姑姑不明白怎么回事，轻声问她："姐，怎么了呢？"

女干部抬起头来，眼角还有些湿润，笑了笑："没什么，这种植物的学名叫萱草啊，很有名的……传说能使人忘记忧愁……古人也用它来比做母亲的。"

姑姑心里一颤，过了一会儿才小声地问她："姐，你想家了？想娘了？"

"是啊，我出来三年多了，真不知道家里什么样了，母亲身体一直不太好现在也不知好了没有？"女八路嘴唇使劲抿了抿，又勉强笑了，"等赶走日本鬼子，我第一件事儿就是回家，扑在母亲怀里，使劲说说话。"

她俩下山的时候，已经走出很长一段路了，女干部又往回跑去，姑姑赶紧跟过去，原来女干部又来到了花前，眼睛直直地盯着这丛黄花，小声嘟囔着："妈妈，我走了。"

姑姑心里又是一动，但她什么也没说，两人默默地向山下走去。

过后不久，日本鬼子又来扫荡了，这次很是疯狂，八路军的机关也转移了。二十多天后，村里的干部奉命派人到沂水那边去了一趟，抬回了一个死去的人。姑姑惊呆了，这个人就是自己叫姐的那个女干部。原来在反扫荡中她受了伤，后被日本鬼子抓住，杀掉了。上级指示，抬回她来埋在东辛庄。

人们在准备后事的时候，姑姑严肃地告诉村干部："我回来以前，先

不要埋了俺姐啊，千万千万，千万千万。"

看到她郑重其事的样子，人们不明白是怎么回事儿，不过还好，一项一项地仪式举行完，在墓地里挖好墓坑的时候，姑姑就拿着一把黄花回来了，不过她是挂着木棍一瘸一拐地回来的，她为了摘吉泰山上悬崖上的那丛黄花，摔下了山去，把右腿摔坏了。

看到女干部正要下葬，姑姑长长地出了一口气，慢慢来到墓坑边，把手中的黄花轻轻地放在了女干部的身边，亲眼看着花儿和她一起被掩埋了，才放下心来，直到这时，她才感到腿疼得要命，是那种钻心的疼。

从此以后，年轻的姑姑再也离不开拐杖了，村里很多人说她是发贱爬山摘花摔的。

姑姑从来不还嘴更不辩解，最多说一句："狗嘴里吐不出象牙来！和你说不到一块儿去。"然后挂着拐杖"梆——噗——梆——噗——"地转身就走。

多年后，女八路的墓要迁走了，姑姑让自己的儿子陪着，又上了一趟吉泰山，又捧回了一丛黄花，放在了那棺材中，村里有人说她："这瘸婆子，又发贱了。"

姑姑头一昂："和你说不到一块儿去，狗嘴里能吐出象牙来。""梆——噗——梆——噗——"地挂着拐杖走了，声音震得人的耳朵直发疼。

香荷包

"沂蒙人民真好啊，我们以后永远不能忘了他们。"秋阳高照，天高气爽，张云逸出了临沂城，正向前走着，看着眼前的一片原野和正在忙碌着收秋的农民，突然发起感慨来。

张云逸来临沂后分工战勤工作，主要抓地方武装的组建等，提出了"保田、保家、保饭碗""到前线去，到主力去"等口号，沂蒙人民送子送郎参军又掀起了一个高潮，群众的拥军支前活动也搞得轰轰烈烈，随同人员心里都明白，他是既高兴又感动啊。

"是啊，是啊，这里的老百姓太好了，不愧是老解放区啊。"随行的同志都一致称赞道。

今天他又要到村子里去看一看，检查一下有关的工作。刚进村，见有个近四十岁的妇女在门口抱着八九个月大小的孩子，正两手托着孩子的腿弯，让两腿分开，在让孩子解大便，地上已经有了一坨黄黄的排泄物了。张云逸走上前去，热情地打着招呼："老乡，你好啊。"

妇女一抬头，看到是张副军长来了，脸色腾地红了，迅速让自己的身子扭了扭，不让孩子的裆部正对着首长："首长，你看俺……"

"秋天了，农活忙了哟。"张云逸看她不好意思的样子，赶紧问道，"今年收成怎么样啊？"看到孩子胸前挂着一个用布缝制成的小物件，上边布满精致的针线花纹，"这又是什么呀？"

妇女逐渐不再窘迫了，神态渐渐变得自然："收成还能凑合。弄个孩子，还不会走，光占人。这是香荷包，避邪的。"

"很香的哟。"张云逸拿起来闻了闻，笑着说。

孩子排出的大便，在阵阵吹来的秋风里，有股丝丝臭味不时地向人们

飘来，个别随行人员捂着鼻子，把身体转向一边。

张云逸略略皱了皱眉头，但并没说他们什么，而是继续和妇女随意地聊着："孩子长得真可爱，等新中国到来的时候，他们就会生活在幸福中了哟。"

"您看，我也不能给你们拿座位，"妇女继续托着孩子，难为情地说着，从侧面低下头去，看了看孩子的屁股，突然抬起头来，嘴里唤道，"嚓儿——嚓儿——"

人们都不明白是怎么回事儿，正奇怪着，就看见一条大黄狗踱着不紧不慢的脚步跑了过来，妇女托着孩子的腿把孩子的屁股抬了起来，正对着黄狗，黄狗的嘴巴向孩子的裆部伸去。

张云逸心里猛地一惊，迅速抬起右脚，在狗就要和孩子接触的一刹那间把狗蹬了一脚，大黄狗那尖尖的嘴巴偏离了孩子的裆部。它慢慢转过头来，看到一个威武的人凛然不可侵犯地站在那里，遂慢慢地走到一边去了。

妇女的脸色一变，继而明白过来，笑了："不是，不是呀，俺是叫大黄给孩子舔腚啊。"

"哦?"张云逸很是疑惑。

随行的人中有明白的，赶紧解释说："沂蒙山区这个地方，很多家庭在叫孩子大便后，就让自家喂的狗给擦屁股了。大人呢，很多都是随意找块土坷垃啊石头蛋儿啊的解决问题。"

"是吗?"张云逸又转向妇女，说，"老乡，这样太不卫生了。再说狗也容易带一些病菌，会传染人的。"看那妇女仍托着孩子，他赶紧掏起自己的衣兜来，终于在第三个口袋里找到了一个小纸团，他迅速展开来，两手拽了拽，让纸更加平展一些，快步走上前，弓下腰去，给孩子擦起屁股来。

"这、这……"妇女一急，说不出话来了。

"哎、哎……"随行者也没想到，一时愣住了。

"别动别动，马上就好。"张云逸笑着说，"哟，小家伙，又来了?——好了。"

他毕竟五十多岁了，直起身体来直得比较慢，但脸上的皱纹里满是笑，同时右手使劲甩了两甩，他的手被孩子刚才又一次排出的少许尿给弄湿了。

"首长，这怎么好，这怎么好。"妇女喃喃着，迅速把孩子转过来，抱在胸前，"快家走洗洗手。"

"好的好的。"张云逸笑笑，随着妇女向院门里走去，他知道若不洗一下手，老乡心里会过意不去的。

这时，大黄狗瞅准了空子，快速地扑向了孩子排在地上的大便。

他一边洗着手，一边和妇女继续说着话："咱们现在生活还不安稳，仗还要继续打。部队纸张也很匮乏，农村更缺了。老乡啊，孩子的屁股绝不能再让狗舔了啊。"

张云逸见妇女抿着嘴，使劲点头，就接着说道："我知道，确实没有纸，但一定要想想办法。"他脸上的皱纹在额头处迅速集合起来，隔了一会儿，才又以商量的口气问道，"庄稼的叶子，树啊草啊的叶子，光滑的干净的是不是也行啊？"最后又有些无奈地说，"干净的石头块也比狗卫生啊。"

随行的人们，有的眼角湿润起来，赶紧转过头去，快速抹一下。

"你说说这熊孩子，怎么就这么不知好歹呢，把首长的手都尿湿了。"妇女看他洗完了手，又一次道起歉来。

"小家伙，快长大啊，"张云逸摇摇头，笑了笑，"到你长大的时候，肯定不用打仗了，也肯定有纸擦屁股了。呵呵呵，让我再闻闻你那香荷包。"说着，又拿起孩子胸前的香荷包在鼻子前嗅了嗅。

看到妇女终于轻松地笑了，随行的人们也都笑了，张云逸说道："同志们，咱们走吧。"他在头里，大步向前走去。

天空好似更高了，更蓝了，凉爽的风吹过来，给人一种舒心的感觉。

特殊顾客

老张的中年人母爱慰藉室开张不久，就来了一位特殊的顾客。老张知道，他是县里一个管干部提拔部门的头头，几年来，一直炙手可热，民间也有他的一些传说，双规什么的快临到了等等。

老张是一个很有头脑的人物，他通过考察，觉得中年以上的人更渴望母爱的慰藉，就找人录制了各种各样的母亲寄语，专门为中年人开展母爱慰藉业务，结果收到良好的效益，于是就开展了这个业务。

这人是步行来的，临进门还回过头去四下里看了一圈，好像怕被人跟踪什么的。老张心里感到有点好笑，心说这些当官的，活得真累。老张抓紧迎上去。来人先看了一下店里没人，才好似放松了。他不容老张开口，就昂首挺胸，发布命令："抓紧，给我安排个单间。"

"好的，好的。"老张知道他的心理，来了还怕被人看见，担心有什么影响，就赶紧引导他到了一个包间。

来人抬头看一下，只见包间里摆设着按比例微缩成的各种家庭用品，只有座位和音响设备是真实的原样物品，倒是墙壁上张挂的各种表现母亲爱孩子题材的图画先使他的心动了一下，他满意地点点头："好，很好。"

老张抓紧递上已经印制成册的"母爱台词"："请您选择，选中的告诉我就可以了。"

他对着灯光认真地看起来，最后指指："就这几条。"

老张有点惊奇地抬头看了他一眼，马上意识到了自己的失态，立即点头："您稍等，马上就好。"

在女服务员端进茶水的同时，老张也把音响设备调好了，母亲唠唠叨叨的声音响起来，他们赶紧退出，让来人自己静心地倾听和回味去了。

老张回到柜台上，还是不解，这个人怎么净选了一些唠叨家里贫穷的话题呢？

十几分钟后，这人走出来。老张发现，他比刚进来时显得心事更重了。只见他脸色凝重，眉头紧缩，用右手食指侧面不时地磕磕额头，眼睛也闭着。又过一会儿，才过来结了账。

十多天后，这个人又来了。由于来过一次了，他这次显得从容多了，时间上选的仍然是人最少的时候，进门后还是习惯地回了一下头，然后对老张勉强笑了笑："老地方吧。"

老张马上把他领到上次那个单间里，让服务员端上茶水和瓜子。来人自己抓过"母爱台词"手册，认真地翻阅起来，最后，他用铅笔勾划了几条，还给老张说："就这些。"

老张看到，这次他选的台词全部是教育孩子怎么正直做人的话语，老张心里一热，赶紧亲自操作，让音响开动起来。在母亲的唠叨声里，老张看到，来人慢慢坐下来，好似沉浸到了某种状态中。

那人出来后，老张抬眼一瞧，感到更不对劲了，只见他的心事好似更重了，脸色非常不好看，嘴唇使劲地抿着。结完账，就迈着沉重的脚步孤独地走了。老张眼光被他牵着，半天才转回来，叹了一口气。

不知为什么，老张无来由地竟有了心事似的，自己好好一想，竟是对那个人多了一份牵挂。

正当老张心神不安的时候，那人又走进了店里，老张好像一下子松了一口气，赶紧热情相迎："您来啦。"

这次他略显得轻松，也对老张笑笑。

老张问："老地方？"

"老地方。"他有点默契地说，"还是老地方好啊。"

这次，他从台词册上选的都是有关勇于认错，认真改正方面的内容。

老张看后，心里无来由地一下子有些轻松，小跑着为他服务起来。

那人这次在包间里待的时间最长，有半个小时以上，那几段录音5分钟就放完了，然后里面静静的，就什么动静也没有了。服务员想进去收拾房间，老张轻轻地摆摆手，制止了。老张想，不管他在里面拖延多长时

间，都按原标准收费，绝不加价。

门终于拉开了，那人走出来。这次，好似换了一个人似的，只见他满脸轻松，像有什么沉重的东西被抛掉了。老张看到，他是迈着坚定的步子走出店门的。

此后不久，县城里出现了一个说法，那个管干部的头头主动找了上级，然后就成了一个平民了。

老张听说后，正在琢磨这事，那人又来了。这次是把以前听过的三段一次听下来，听完就轻松地走了。

此后，他还来，来后还是这样听。老张总是热情地搞好服务。

把母爱还给你

七十多岁的退休教师李遵林家突然变得比平时热闹了一些，这引起了一个热心人的关注。本来嘛，李老师教了一辈子学，桃李满天下，时常会有学生来探望他，这也是很正常的。但最近来人增加了一些，就勾起了这人的好奇心。

他就问周围的人："怎么回事？这到底是怎么回事？"

人家都摇头："不知道，咱不知道。"

他心里越是纳闷，就越是不舍弃。这天，他忍不住拦住一个刚从李老师家出来的人："你们都来找李老师，是不是有什么事儿啊？"

来人露出心满意足的神情："当然有事儿，有些我们个人的私事。"

"什么个人私事，怎么看你就像得到了宝贝似的高兴呢？"他继续刨根问底地探询着。

那人笑眯眯地说："确实得到宝贝啦！李老师给我们保存的宝贝，是无价之宝啊。"

他心里更加痒痒了："到底是什么宝贝啊？"

被问的人用手捂捂挎包，认真答道："母爱，老母亲对我们的爱啊。"

他还是不明白，但那人已经走远了。

这个人就带着好奇心走进了李老师家："李老师，最近家里好像有些热闹啊？"

李老师赶忙站起身来，礼貌地迎接他。李老师这人，高高的个子，头发大部分变成白的了，脸上的皱纹很多，态度非常和蔼："以前教过的学生，过来坐坐罢了。"

这人赶紧问道："都说是来找你找宝贝哟。"

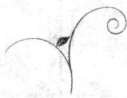

"真都这么说？"李老师笑道。

他赶忙点头："真都这么说。"

"我哪来的宝贝啊！"李老师流露出欣慰的神情，"不过，他们这样看，倒也是准确的。尽管不是什么金银财宝，但确实是很宝贵的啊。"

"噢，这话怎么讲？"这人更忍不住了，又赶紧追问道，"怎么还说母爱什么的？"

"这事说来话就长了。"李老师眼睛眯了起来，好似陷入了沉思，过了一会儿，才接着缓缓地说道，"在这么多年的教学中，经常有一些学生来找我倾诉他们的苦恼，抱怨他们的母亲整天唠叨起来没完没了。我告诉他们，母亲对他们唠叨，是爱他们的表现。有一些学生听后，就不再说这事了。可是还有一些学生，竟然继续找我理论。他们把母亲对他们反复嘱咐的话偷偷用录音机录下来，拿到学校来放给我听，让我认可母亲的反复叮咛是唠叨。我和他们一起听录音，然后给他们分析母亲的话语中饱含的爱。可是，我往往说服不了有青春期逆反心理的他们。过后，他们常常是连录音带都放在我这里就不要了，怎么劝也不捎走。我觉得，母亲的话语是值得好好保存的。于是就把这些录音带给拿起来，放那里了。前一段时间，有一个学生来时，说起自己的母亲去世了，惋惜再也听不到母亲的唠叨了。我突然想起来保存了这么多年的磁带，就把他当年为母亲录的音找出来，还给了他。这事让他一传播，也引起了其他学生的关注，所以就逐渐有人来找我想找回自己的录音带。"

"哎呀，李老师你真是个有心人！"这人一边赞叹，一边不解地问，"这么多学生，可你怎么就能弄得这么清楚？"

李老师笑笑，走到书橱前面，弯下腰，轻轻拉开橱门，用双手慢慢地从里面捧出一个做工精致的柳条箱子来，小心地放到矮方桌上，然后从腰带上解下钥匙，打开锁。敞开箱子，只见里面是大半箱子录音带。

他凑上前来，拿起一盘录音带看看，再拿起一盘录音带看看，只见每盘录音带上都详细地记录着学生的姓名、年龄、住址、班级等，这些内容各有各的不同，但是，每盘上却都有一行醒目的文字，那是完全相同的："母亲深深的爱"。

看到这里，他非常感动，连连说："确实是宝贝，这确实是宝贝。"

李老师也感慨道："是啊，随着时间的推移，他们中大部分人的母亲去世了，这些录音带就显得更加珍贵了，怨不得他们当做宝贝啊。"

李老师又轻轻地把柳条箱锁起来，放回到书橱里，感慨道："我希望有生之年能把这些录音带都还给学生们，但就怕难以做到，时间长的已过去几十年，短的也十几年了，上面记录的学生的住址已发生了很大的变化，他们分布在天南海北的，仅凭传传口信恐怕不行。"

这个人被深深地感动了："李老师，你想得可真周到！"

"这些都是母亲的殷殷话语，都是一颗颗母亲的心啊，我必须还给他们，我一定全部还给他们。"

李老师的话声音很轻。但是，在这个人听来却感到沉甸甸的。他的心中热热的，眼睛也有湿湿的感觉了……

读 信

他把捡拾的破烂收拾好，又来到小区，快步走上楼梯，粗糙的手指按向门铃，随着一阵脚步声的临近，门被从里面拉开了："你来啦，进来吧。"

低头看看自己的身上，他不好意思地又用手扑打了扑打，嘴里不停地"嗨嗨"着，然后跺了几跺脚，才迈进门去。

室内是一位老人，脸直直地对着他，眼睛紧紧跟着他的身影移动，只是里面一点光彩也没有。仔细看去，原来老人早已双目失明了。老人对室内的情况很熟悉，快速地为他倒上一杯水，递到他的手上。

他赶忙接过杯子来，问老人："大爷，有信吧?"

"不忙不忙，先喝点茶，休息一下再说，"老人生怕他这就走掉似的，隔着茶几，双手按住了他的左胳膊，"你又好多天不来了啊。"

他理解老人的心情，就慢慢地喝起茶来，不再急着问信的事儿。

一年前来这个小区拾破烂，他认识了这位老人。从此以后，他就定期登门来帮老人了。他还清楚地记得，那一个上午阳光灿烂，他的收获不少，心里很高兴，就准备到小区的一个凉亭下休息一会儿。走进凉亭，看到一位穿着整洁的老人早在里面了。那老人双手拿着几张信纸，头来回摆动，认真地看着，脸上充满了幸福的表情。过了半天，发现老人的脸仍在来回地转动着，他感到有点不对头了。仔细一看，老人其实根本就看不见东西。

他心里一动，感到老人太可怜了，就热情地说："大爷，我给您念念吧?"他搓搓手，"嗨嗨，就是俺识字不多，怕有的字不认得。"

"你给我念好啊。"老人脸上的表情一下子生动起来，"是孩子的来信。

孩子在外地工作。我不喜欢他光打电话。孩子就经常来信。信好啊，能一次次地看，还愿几时看就几时看。"

他心里说，怪，还是电话好啊，声音听得清清楚楚，就像在跟前说话一样，何况你看不到，弄封信费这事干什么？

他正在沉思中，老人又自我解嘲似地说话了："老怪物，老怪物，人老了就成了怪物啦。"

他不敢贸然插嘴。老人又说道："老伴殁了后，孩子让去他那里，我怎么也不舍得离开这里，我在这检察院干了三十多年啊。"

他知道，人年纪大了，就说话多，说说心里舒坦，于是就逐渐回应着："您的孩子也是好心。"

"那是那是。"老人满足地笑着，皱纹显得更深了。

不知不觉间，他们很快成了老朋友，他说话也不感到拘束了："来，我给您念信吧？"

老人把信交给他，静静地等候着，满脸都是期待的神情。

他开始认真地读信了，里面不认识的字太多了，要是平时的话，他就读白字了，在这里他觉得不能这样，老人看不见东西，读不准会耽误事儿的。所以只要遇到不认识的字，他就停下来。不好意思地"嗨嗨"着："这，这……"

老人说："不要紧，你说怎么写的，我告诉你是什么字。"

可他说半天也说不明白一个字是怎么写的。

慢慢地，他们逐渐探索出了解决这个问题的办法。

从这天开始，每过一段时间，他就来为老人读信。

室内地板上那片方方的阳光不知不觉地移动着。他又读到不认识的字了，停了下来。老人立即手心朝上，伸到两人之间的茶几上放下来。他就在老人的手心里一下一下描画起来，等他的手指头一离开，老人马上就说道："这个字念'殷'。"过一会儿，他又停下来，老人又伸过手去，等他比画完，老人又告诉他："这个念'康'。"

映进室内的方块阳光又移动了一截，老人问："今天念了几行了？"

他用手指头戳了几戳信纸，然后说："6行。"

老人哈哈笑道："好啦，今天就到这里了，你忙你的业务去吧，那是饭碗啊。"

每次都是这样，一封信念几行就停下来，剩下的留待以后分几次读完。他知道，老人生怕耽误他的事儿，更是希望他多来陪伴几次。

深秋的一天，他正在一个地方捡拾着破烂，突然一阵风吹来，他打了一个寒颤，一下子想起应该去看看老人是不是有信了。他收拾一下，就快步赶到了检察院小区，可他叫了半天门也没叫开。这时对门的邻居开门告诉他，老人住院了。他问明白具体医院和病房后，就急火火地赶了过去。只见老人疲惫地躺在病床上，眼睛紧闭，脸色灰白，好似一张纸样轻飘飘的。老人的孩子在病床前精心地伺候着，老人手中捏着几张信纸，嘴唇在艰难地翕动着。

他赶快来到床前，忍住悲伤，轻声说道："大爷，我来给您念信吧。"

老人慢慢地抬抬手，他赶紧接过信纸来，老人的孩子在床前放了一个凳子，他坐下来开始磕磕绊绊地读起信来，一旦遇到不认识的字，老人就伸出手来，手心朝上，放在洁白的床单上，他立即在老人的手心里描画起来，等他停下来，老人就艰难地张张嘴，轻轻地读出这个字的读音来。读到第6行，他停下来，准备下次再来为老人读。可老人轻轻拍拍他的手，慢慢摇了摇头。他看看老人的孩子，见他含泪点头，就又为老人读起信来，读不出来的字，就在老人的手心里比画。老人的声音越来越小，后来就没有声音了。

走出病房，太阳白白地在天空挂着，他迎着凉凉的秋风，向他捡破烂的地方走去。

老 陈

　　寒风飕飕地吹着，我跳下自行车，双手握拳抱在一起，哈着气，跺着脚，走到小亭子跟前。里面坐着一个五十岁左右的脸面上毫无表情的瘦瘦男子，头发白了一半，脸上的皱纹靠在一起，很拥挤，眼睛浑浊，但仔细看去，又似透着一种倔强的光芒。我告诉他要买的报纸名称，他抽出一份递给我，我掏出 5 毛钱，随意一拍放在了亭子窗口前的平台上，我是告诉他钱在这里的意思。没想到，他突然把我手中的报纸抽回去，也"啪"的一声拍到平台上。"没教养！"三个冷冰冰的字从他嘴角飞出来，一下子划到我的脸上，我感到好似一阵更大的寒风吹了过来，我脸上感觉不到冷，却热辣辣地烧起来，心里又羞又恼，气愤地说："你怎么回事，不就是买你一张破报纸吗？"他倒是声音平平的，但更冷了："我把报纸递你手里，你把钱拍在我面前，就是没教养的表现。报纸是新的，一点也不破。请你尊重自己，也尊重别人。""不要了。"我抓起报纸一摔，气哼哼地拿起那 5 毛钱转身就走。"不买拉倒，你这样的人我还不卖给你呢。"我已经推起自行车，但又停下了脚步，本想再说几句损损他，想想，忍了，带着一股气，一偏腿，骑上车走了。

　　从那以后，下班回家必定经过的这个亭子我就再也不去光顾它了。买报纸也是绕路，到别的报刊亭去买。但只要经过这个地方，还是不自觉地扭头看一下。大多时候亭子里坐着的是一位妇女，估计和他是夫妻。她倒是慈眉善目的，一见人就笑着热情地招徕着。

　　这天下班，我又一次经过这个亭子，大老远就看见一个三十岁左右的男子，用右手食指戳着窗口里面，生气地大声嚷着。一看，又是那男子坐在里面，脸上倔倔的。我抱了一种幸灾乐祸的态度，停下脚步，想看这人的热闹。听了半天，我听明白了，仍然是那么回事，这男子"啪"地拍下5块钱，要一份杂志，他不卖给他，竟非要他拿起来递他手里不可。这男子急着走，不听他的，就跳了起来："哪这么多酸事！我忙没工夫和你转文，快给我那杂志！"虽是两人的争执，这男子起了半天高腔，那人却照旧冷着脸。

周围人越来越多。国人喜欢看热闹的本性随时能流露出来啊，这也是我们的特色嘛。这时，人群里走出一个中年男子，快步来到窗前打圆场了："您快消消气，别和他一般见识。老陈他是一头倔驴，从来就这样。"这时我才知道窗口里的男人姓陈。他又转向老陈："快。给拿出那本杂志来。"老陈抬头看了一眼，头接着扭向了一边。看来这人和老陈关系不错，从侧门进去，拽出一本杂志，交到那人手上，赔了一大堆不是，终于把那人打发走了。

这时他又转过身去，指着老陈斥责起来："你呀，你真行，咱不是做买卖吗，和气生财啊，你怎么就这么强呢。"

老陈的脖子梗起来："我伺候他，他就得尊重人。"

这时，以前见过的那个慈眉善目的妇女来到了，看到有不少人在这里，就急步来到亭子跟前，焦急地说："你说说你这死老头子，又跟人家吵架啦？"

别人都不说话，她疑惑地眨眨眼睛："今头晌怎么样，卖了多少？"

"一分钱也没卖！"老陈的脖子继续梗着。

她的嘴唇哆嗦起来，脸色逐渐变得蜡黄，眼睛越来越潮湿，泪水不断线地唰唰淌下来，声音带了哭腔："你能你能就你能。"她忍无可忍了，转身面向了众人，"您说说这死老头子，怎么就邪了门啊，不管自己的生意，左挑骨头右挑刺，动不动让人家尊重他，非自得来买东西的人气跑不可啊？"

人又走散了一部分，她仍气得不行，继续哭诉着："你有本事也行啊，那样的话俩人也下不了岗，下了岗还这么个驴脾气。弄个儿子瘫在床上，又得了肾病，整天要花钱。好不容易弄起这么个亭子，抓挠个仨俩的。我在家里拾掇一下，洗巴洗巴儿子的衣服，让你看这一时半晌，你怎么就给我惹是生非啊。你说说,你说说啊。"

有人劝她:"嫂子别生气了。"又转过去,"老陈啊,得改一改了。"

"死老头子,快滚,快滚吧。"她气呼呼地拉开侧门,哭着把老陈拽了出来。

老陈也气哼哼的:"我、我……"终于一跺脚,走了。

我看到,他梗着的脖子一点也没有弯曲,照样直直的。

下午路过时,我看到那妇女已能满面笑容地招呼着从亭子跟前走过的每一个人了。可很多人根本不理她,更没有住一下的意思。不知为什么,我的心突然抽动了一下。

以后的日子里,要是这位妇女在,我也又过来买东西了,并注意把钱递到她的手上。但只要老陈在,我是宁愿转路也不在这里买的。不过,我不得不承认,老陈的指斥使我的一些毛病逐渐得到了改正。

由于这些事印象深刻,别人的一些议论很容易进入耳朵,就知道了他们的儿子病情在不断加重着,已经发展成了尿毒症,他们需要花的钱更多了。

这天由于我急需买一本文学杂志,在其他亭子里没买到,尽管走到这里时老陈坐在窗口里,我为了不漏掉这期刊物,还是硬着头皮走了过来。老陈那一头直竖着的头发更白了,里面仅存很少几根黑发,脸上的皱纹更深,皮肤也更糙了,人好似也矮了一些。

我刚在窗口站定,老陈猛地站了起来,脸上突然堆满了笑容,讨好地问道:"您要点什么?"说着,往一边闪一闪,好让我看得更全面一些。

我要了杂志,把钱递到他的手上,他没有立即找零,而是紧紧地攥着,又向另一边侧了侧身子:"您还需要什么?"

眼前忽然阴了一下,老陈的热情竟让我心里产生了一种恍惚感。

看着老陈那讨好的笑容,我眼睛一热,好似有一股水要决堤了。

张小花

张小花是个捡垃圾的中年妇女。富丽花园小区里，有一个垃圾池，她会经常来扒拉一番。别的捡垃圾的人都是穿得破破烂烂，不要好样子，她和他们不一样，她的头发从来都梳理得非常光滑，一丝不乱，两个胳膊上套着的套袖虽然陈旧，但总是洗得干干净净的，脸上的表情非常平和，仔细看去好似时常微笑着一样。让人感觉到，她好似非常满足似的。

这个小区的名字很好听，但真正富丽堂皇的房子并没有，也没有富人入住，这里住的其实都是普通人，所以我也住在这里，不经意就能看到张小花。

她提着一个干干净净的编织袋，来到垃圾堆前，把编织袋放下，找一快干净的石头或瓦片压住，然后进入垃圾池，小心地踩着脚步，生怕把鞋子和裤脚弄脏了，站稳后弯下腰，用手里的一个二齿小钩子，一下一下往身前钩着，见到有用的东西就划拉到一边去。特别是夏天，垃圾池里会发出一阵阵浓重的难闻气味，走到跟前，就熏得头脑子疼，很多人是憋着气或捏着鼻子过来扔垃圾的。可张小花脸上平平静静的，眉头从来不会皱一下，照旧沉稳地扒拉着垃圾，好似农民在认真侍弄一片心爱的土地。

时间久了，小区里的人大多都认识了张小花，有时会在垃圾池前和她啦呱几句："来啦，住的离这不远吧？"她感激地望人家一眼："就是县城的，原来在车辆厂，厂子破了产，就没活干了，这不就干了这个。"人们就表同情："不容易啊，不容易啊。"说着，就把提着的垃圾袋往张小花的手上递。不知为什么，张小花突然脸色一冷，似乎要生气了，但又立即平静下来，抬了两抬下巴，示意这人把手里的垃圾袋扔入垃圾池。这人尴尬一下，也就顺手一扔，转身走了。张小花会在这人身后再撂上一句话：

"过日子，都不容易。"然后，她就低下头，弓下腰，继续干她的活儿去了。过了半天，有用的东西终于都拣出来了，她又用双齿钩一点一点向外扒拉着，让土块尘屑全留下来。这才过去拿起编织袋，撑开袋口，用钩子把它们扒拉进袋子里去。然后直起腰，拽下两个套袖，背着风，使劲甩动几下。接着，用套袖认真地抽打着身上。其实她的衣服上并没有什么东西，但她还是扑打了襟前扑打襟后，把裤子前后、鞋面都认真地扑打完了，再次认真摔打套袖后，仔细套到胳膊上，并拍打一下两手，才提起袋子奔向下一个目标而去。

这天，3号楼中单元一户人家拾掇家里，在楼梯口扔了一些乱糟糟的东西，男主人看到张小花正在垃圾池里劳作着，就走过来，笑吟吟地说："哎，你先过去看看那里，哪些有用就拿去，剩下的扔这里。"

"不！"张小花弄明白是在和她说话后，立即在抬起头的同时脆巴巴地拒绝了。

这人一下子不适应，咋舌了："怎么的，你省事，也省了我的事儿呀？"

张小花出奇的平静，再次说道："不！"

"为什么？"

"我是捡垃圾的，只从垃圾池里往外拣东西，不拣人家门口的东西。"

那人好似更加疑惑了，但没再说什么，走回去，自己把它们拾掇一下，来向垃圾池里扔。张小花看到后，马上从池子里出来，好方便他往里扔。她静静地站在一边，远远地看着，直到尘土全部消失了，才再次进入垃圾池，沉静地扒拉起来。

一天，几个男人喝多了酒，经过垃圾池，看到眉清目秀的张小花正在劳作着，就让那本来已不听指挥的腿停下了，嘴里的话也黏糊起来：

"大嫂，让大哥来拣，你这么清爽干净的人儿怎么能干这个？"

"嘿，可惜喽，可惜喽。"

"命啊，命啊。"

这时其中一个发了半天愣的人局促不安起来，脸上那被酒气熏红的颜色中透出青色来，憋了半天，终于，大吼了一句："走吧。"

这一堆人突然哑巴了，愣了半天，附和道："走喽。"

过后，这个小区的人也有说那人是她老公的，说他下岗后一直顺不过劲来，靠她捡垃圾维持生活，整天喝酒，一喝就醉，有时发酒疯还嫌她丢了他的人。

不过，并没有人去证实这个消息的真假，张小花仍是在平平静静地扒拉着垃圾，右手持一双齿钩子，弯着腰，把最脏的东西向身前扒拉着，有用的就向右前方钩去……

我小时候也叫山子

书店里显得很安静，顾客稀稀拉拉的，有的在站着静静地看书，有的在转悠着、浏览着，几个售货员凑在一起叽叽喳喳地小声说笑着，显得分外刺耳。

突然，门口传来"吱吱"的警报声，最先反应过来的是那几个售货员，他们同时抬起了头，有一个男的快速地冲到门外："回来回来！"接着拉着一个十三四岁的小男孩回到了店里。两三个女售货员迅速围了上去："拿出来，拿出来！""书呢，拿出来。""这么点儿就学着偷东西了？"

很多人都扭头看了一下，又低下了头，只有很少几个人在盯着事态的发展。

被抓回来的男孩，脸窘得通红，小声地嗫嚅着，头向下勾得像一个下垂的葫芦，脖子软得好似颈椎骨已经不存在了，在嘈杂的斥责声里，慢慢地从裤腰里掏出一本薄薄的小书来。

售货员更是得理不饶人了："这么小就偷什么时候是个头儿啊？""支上钱，支上钱。""叫什么名？在哪上学？""告诉他老师。""叫家长来！"

周围的空气好似凝固住了，除了几个售货员的大声指责外，没有一点别的动静。男孩的头下垂得更低了，一滴滴晶亮的泪珠"啪啪"地落到地上。

"怎么回事儿？"楼梯上走下一个四十多岁的男子，快步来到了面前。

售货员们脸上迅速堆起了笑容，争相向前表功："经理，我们抓住了一个小偷。""一发现，在门口就被叼回来了。""得使劲治治他，要是都来偷那还了得！"

男孩抬了一下头，眼睛里仍然泪汪汪的。经理看到，那男孩目光躲躲

闪闪的，就像一只被吓呆了的小兔子似的，浑身哆嗦着，尽管不明显，但仔细看就能看出来。经理心里突然一动，皱着的眉头慢慢舒展开来了。

"好好。"经理摆摆手，笑笑。

男孩这时明显地哆嗦起来，浑身抖动着，鼻子一抽一抽的，眼泪还是吧嗒吧嗒地往下落着。

经理慢慢走近男孩，轻轻地拉起他的手，另一只手摸了摸他的头，笑了笑，轻声说道："山子，好了，没事了。"

售货员们一个个都愣住了，迷惑不解。

很多顾客把目光转了过来，显得一片茫然。

窗外的阳光透过玻璃射进来，在地面上铺出一片片金黄色的方块。空中的光柱中，有些许细微的漂浮物在升升沉沉地飞舞着，不仔细看肉眼根本看不出来。

小男孩慢慢地抬起头来，眼光转向经理，愣愣的。

经理继续轻声地说道："山子，不用害怕了。听我的，我是经理，真的没事儿了。"他接着抬头扫视了一圈，转向人们说道，"这山子是我乡下表妹家的孩子，今天和我表妹来我家做客。这个事儿是和我打赌来着。孩子嘛，好奇心强，问我有人偷书怎么办，我说有摄像头，还有磁感应报警器。结果他还是不明白，也怨我多嘴，说不信你就去试试，他还真来试了。"

人们松了一口气，又都看书了，只是个别人小声嘟哝道："怎能开这样的玩笑，这孩子也是的，试这个干什么？吓人一大跳！"

几个售货员也由洋洋得意变得尴尬起来："经理，这、这……"

经理大度地摆摆手："没什么没什么，你们做得对呀，就这样吧，都忙去吧。"

孩子眼光直直的，看着经理，"我、我……"

"傻孩子，这回相信了吧，咱们打的这个赌我赢了哦。"经理赶紧说道。

经理走到收银台前，把售货员从男孩身上截获的那本书拿起来翻了翻，然后从兜里掏出钱来，买了下来。

他又回到男孩的身边，把书递到男孩的手里："这本书送给你了。"

男孩惊恐地向后退缩着，趔趔趄趄的，没有接。经理迅速拉起他的手，向门外走着："傻孩子，拿着！我已经支上钱买下来了，没事了。晌午了，回家吧。"

男孩被动地被经理领着，慢慢走过安装了磁感应报警器的门口，迈出这个门槛的时候，男孩子迟疑了一下，身体猛然一阵哆嗦。经理使劲握了握他的还显得有点小的稚嫩的手。

门外，太阳挂在天上，阳光暖洋洋地洒落在地上。偶尔一阵风儿轻轻地吹到脸上，好似一只大手轻抚着似的。男孩瞪着迷茫的大眼睛，不知所措地看着经理。经理笑了笑，拍了拍他的肩头："快成大人了，你看都要赶上我高了。拿着，做个纪念吧。"然后又笑道，"回家吃饭吧，家里等着你了啊。"在男孩迟疑地接过书去以后，经理又补充道，"我小时候也叫山子。"

男孩眼里又涌出了泪水，用手背使劲擦了一把，用力地看了他一眼，然后慢慢向前走去……

第二天，一个女的突然说道："碰到经理夫人了，她说她家昨天没来过乡下表妹啊。"

几个售货员都怔住了，叽叽喳喳声停了下来。

第三天，经理上班时，在办公室门口看到用一块小石头压着一摞钱，恰与那天他支上的数目相同，拿起来时还有手温似的，热乎乎的。

企 盼

女儿终于大学毕业了，女人长长地出了一口气，看到希望了呀。

在女儿考上大学不久男人就去世了。本来家境就不富裕的，这简直就像塌了天一样。女人早已下岗，女儿每年一万多元的费用没有来源。女人多次出去找工作，可四十多岁的年龄成了一个不可逾越的障碍，没有单位收留她。听说泡脚城做脚的大多都是结过婚的，女人照着镜子看看自己那还苗条的身材，那还红润的面容，就决定到离家不远的明珠泡脚城应聘。还好，经过她的深情陈述和敬业保证后，被录用了。

女人做事认真，不长时间就有了相当一部分的固定客户，尽管每天从中午 12 点做到晚上 12 点，累得腰酸背疼的，但看到收入尚可，疲惫的脸上就会透出真心的笑容来。

但说句老实话，女人并不喜欢这个工作。不管什么人，不管多臭多烂的脚，她都得认真做，脸上还得布上温柔和蔼的笑容。平时她经常不自觉地把手放到鼻子跟前嗅，总感到手上有股难闻的异味。每次做饭前，总是再次洗了又洗。她做脚这事儿，一直是瞒着女儿的，只说是在泡脚城打扫卫生。

女儿学成归来，她感到有盼头了。她想只要女儿找到工作，她就不再干这个活了。哪想到，快一年了，女儿还是没能找到录用单位，女人也就只好继续做下去。女儿的花费仍然相当大，这中介那招聘的，只要去就要往里填钱。

找不到工作，女儿的心情就不好，回到家里总是黑糊着脸，女人还得陪着小心。

这天上午，女儿不到 11 点就回来了。尽管外面阳光灿烂，秋风和爽，女儿脸上却阴云密布，好似酝酿着一场暴风雨，女人知道女儿又是无功而返。很长时间以来，娘俩能在一起吃午饭还是很少有这种机会的。一起吃早饭还多一些，中午和晚上却几乎没有过。女人很高兴，赶紧洗手，洗了又洗，最后把饭做出来了。

可是，女人感到了不对头的地方，女儿进门就没说过话，但眼光却一直追随着她的行踪，好像有什么话要说但又难以开口。

吃饭，看什么看，老妈不就是越来越老了。女人拿起饭来的同时，招呼着女儿。她需要赶快吃完去上班，工夫耽误不得。

女儿一动不动，仍盯着她看，你在那里不是打扫卫生的！

怎么了？女人还没反应过来。

女儿嚷道，一直风言风语的，我还不信，竟然是真的。

什么真的？女人仍没听明白。

你到底在那里干什么？女儿声音大了起来。

女人也认真了起来，放心，妈没做过什么丢人现眼的事儿。

你这几年一直在那里给人洗臭脚丫子！女儿几乎咆哮起来。

女人沉默了，脸一下子松垮下来，感到浑身连四两劲都没有了，你……听谁说的？

女儿既盼着母亲能否认这件事，又知道否认了自己会更不高兴的，因为事实明摆在那里，我、我去问了。

女人好像要虚脱了，轻轻点了点头，眼中的光芒渐渐黯淡下来，是的，我找不到别的工作，就在那里做脚了。

呕，呕，女儿突然呕吐起来，带着哭腔，我，我，这几年吃了你做的很多次饭，都是用你摸过那些臭脚的手做的呀，呜，呜，呕，呕。

女人的心一下子空了，混混沌沌的，眼前发黑，好似天突然黑了下来。不知过了多长时间，才慢慢又逐渐明亮起来，眼睛又能看清东西了。女儿弓着腰，仍然在哭泣着，干呕着，整个身体不时地抽搐一下。她心疼女儿，就拉过女儿的手，塞给她点钱，说，你出去吃点饭吧，我得去干活了。

女儿扭动着身子，反复地说着，不要再去干这个了，不要再去干这

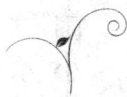

个了。

女人沉默了半天，别说了，出去吃点饭，以后就在外边吃吧。

此后，女儿真的不在家里吃饭了。有时候回来，女人问，吃饭了没有？女儿使劲点点头，吃了。在女儿临走的时候，女人还是塞给她一些自己辛辛苦苦挣来的钱，由于还没有找到工作，女儿只能接过去。

后来，女儿找到了一个体面的工作，就再次劝说女人辞掉做脚的工作。女人想想，就答应了。女人感到，只要自己做下去，女儿就还是不会吃自己做的饭。

女儿知道自己的母亲辛苦，所以经常给女人一些钱，让女人打理好自己的生活。

但到今天为止，女儿还是不在家里吃女人做的饭。

她说，实在没办法，就是接受不了，我总感到臭脚的阴影还在。

女人在心里说，我何尝不是这样，一年多过去了，我还是感到手不干净，每次总是反复地洗，相信妈妈，总有一天，我会洗干净的，那时你就会回来吃饭的。

桑　叶

五十多岁的老陈在帝豪洗浴中心干得津津有味,每天上下班的路上总是哼着小调,昭示着他那内心的快乐。老伴儿则经常嘲笑他,不就是在澡堂子里给人搓灰的吗?有啥好高兴的?他摆摆头,去,老娘们懂个啥!

老陈这人下过乡,回城后又下过岗。干上洗浴中心的搓背工后随之就爱上了这个职业。不是他对搓背情有独钟,是他不论干什么都这样敬业。由于他在洗浴中心手艺是最好的,所以固定客户最多。只要找他搓过一次背的,大多都成了他的回头客,这主要得力于老陈娴熟的手法。他不仅能针对人体不同部位采取各不相同的搓法,更绝的是能针对各人的情绪造成的皮肤松紧程度采取不同手法,保证人人都舒心地走出门去。

这天,他的一个老客户又走进来了。说是老客户,其实一直连姓甚名啥也是不知道的。顾客进来时都早已脱得赤条条,没有什么突出的特征和标记,洗过后穿上衣服走在路上,就是走个面对面谁也不会认识谁。但光着身子接触的次数多了,能知道是来过的客户,也就是所谓的认识了。老陈总影影绰绰地感到这个人和本地新闻中经常出现的一个官员有些相似,可他从不主动和客户攀谈,更不会去问有关客户个人的问题,所以也就不能确认,当然他也从来没想过要弄清楚这个问题。

这个客人到来的时候,老陈总感到他有一种自然流露出来的威严和气势。好在老陈对所有客人从来都是一视同仁,态度不亢不卑,从容淡定地该怎么干活就怎么干活。这个人下池以前总是紧握双拳,曲臂扩胸几次,然后大步进入热水池,睁着炯炯有神的眼睛尽兴地享受泡澡的乐趣,待泡到恰好的时候,就会精神饱满地走向老陈的搓背床,说声:"来吧。"就全身放松地等老陈施展身手了。

但是这次，老陈看到，客户的眼光黯淡了许多，走路的脚步也不如从前有力。他并没做什么准备活动就进入了大池，接着就耷拉下了眼皮，一动不动的，好似疲惫极了的样子。

这次他泡得有些超时，当他慢腾腾地来到老陈已经铺好的搓背床前时，竟什么也没说，就沉沉地把自己放倒了。

老陈立即投入工作，他一接触到这人的皮肤，就感到不对头，泡了这半天，皮肤竟然还是紧紧的，有种明显的干燥感，肌肉也高度地僵硬着，好似块块石头。老陈知道这人心里存住了事儿，情绪有了问题，自己需要在手法上认真调节了。他先反复几次用他的拿手好戏从顾客的脖颈按摩到尾椎部，这样一般人就能松弛下来，谁想这人竟然一点也没有放松下来，仍然绷得紧紧的。

"老板，"老陈只好进入自己独创的第二个程序，开始变换手法，同时用语言来疏导顾客的心理了，"放松身体，放松身体才能达到最佳效果啊。"

这人没有一点反应，仍一动未动，但老陈却感到这顾客的身体更加僵硬了，老陈无声地笑了笑，只好继续闲扯着："我在农村待过，上山下乡呀，干过多种活儿，当时没感到什么，后来干搓背才明白了，人其实是经常会皮肤和肌肉都紧张的。比如那时候，为养蚕去采桑，在桑树下使劲抬起脚后跟，身体尽量往上耸，就弄得浑身都紧紧的，原因是什么，是为了手抓那把桑叶，其实只要放下桑叶，就全身放松下来了……"

看顾客毫无反应，老陈知道自己不能太多嘴，说到这里他就停住了，并生自己的气了，这个年龄就嘴碎了？怎么说开陈芝麻烂谷子了？于是又赶紧解释："我的意思是说，不管遇到什么事儿，只要想得开，及时把它丢下，就能放松了，澡就能洗得舒服了。"

老陈感到越说越不对劲了，怎么好像有点哲学味道了。说教啊，你怎么能对自己的顾客干巴巴地说教呢，这说哪去了！

老陈意识到自己说得不怎么的，赶紧闭上了嘴，不再开口。他手上的活儿这时已经干到了顾客的腹部，客人的身上仍然紧绷着。过了一会儿，那人嘴里模模糊糊地嘟囔了一句："桑叶……"好似放松了一下，但接着就又恢复到了僵硬的状态。

老陈知道自己无能为力了，只好继续采用对付这种状态的手法了，注意别伤着顾客的皮肤，别弄得肌肉不舒服，努力把客人身上的沉灰搓干净。

最后，客人起身，拍了拍老陈的胳膊，苦笑了一下，"我也是农村出来的……也干过采桑养蚕的活儿，"然后小声地嘟哝着，"桑叶，桑叶……"，若有所思的样子，接着迈着沉重的脚步走了。

此后，老陈再也没有见到这个跟了自己很长时间的顾客。

某天，来洗浴的客人议论，本地一个官员，在什么问题也没有被发现的情况下，竟然投案自首了，都说："这人太傻了。"

老陈心里一震，才意识到，电视上与自己的顾客长得有些相似的官员近来也不在电视上露面了。

老陈依然哼着小调，来来回回地走在上下班的路上。老伴还是经常嘲笑他，说他在澡堂子里给人搓灰难道还有好高兴的？他还是使劲摇摇头，说道，老娘们懂个啥！

泡　脚

　　在这里干活儿久了，她发现来这里的客人大多都比较讲究。以前她在另一个比较低档的宾馆干时则不同，客人大多是把臭气熏天的脚丫子伸到她眼前，难闻的气味钻入鼻孔，顽固地向她大脑挺进，让她有一种晕眩的感觉，她得强忍着把活儿做下去。来到这个泡脚城上班后就好多了，这里收费特别高，来这里消费的都是高收入人群，坐高档车，穿着讲究。他们的鞋袜换洗得勤，脚的气味小得多。她非常满意现在这个工作，感到舒心多了。

　　这天晚上快 8 点的时候，来了一个平时很少见的另类客人，衣服皱皱巴巴的，有些地方还明显地残留着没洗干净的泥浆斑点，一看就是在建筑工地上的打工者。她心里猛地一震，来这么个烧钱的地方穷张摆，一次得多少汗珠子的代价啊，何必呢？但她表面上还是平平静静的，认真地做着准备工作。一切都准备好的时候，一双恶臭难闻的脚伸到了她的鼻子下面。室内的灯光暗了下去，她使劲挤挤眼睛，才发现灯没有变暗，是自己突然产生的一阵恍惚感。她迅速让自己平静下来，投入地干起活来。因为自己是从农村来的，知道在城里挣钱是多么地不容易。她一边为客人泡脚，一边主动和客人聊起来："老板在哪里发财啊？"

　　客人的脚不易觉察地颤动了一下，有些僵硬的感觉，冷冰冰地开口说道："管在哪里发财，以为支不起钱啊，少不了你们的。"

　　一听说话口音，她知道是农村来的打工者无疑了，看到顾客也就是二十出头，就改了称呼："大兄弟，俺也是从乡下来的，这里收费高，不是乡下人来的地方啊。"

　　"俺就愿意来，俺就要来享受享受。好好干活就行了，啰嗦个啥！"小伙子眼里射出桀骜不驯的挑战眼光，气冲冲没好声气地说道。

　　她低着头，认真地做着，随着小伙子脚前中药气味的飘散，那脚上的臭味也逐渐淡了下去。

　　她不说话了，小伙子的脾气也就慢慢变得平静，昂视的目光低下来，发现抚在他脚上的那双手被泡得白惨惨的，他的脚这次是明显地颤动了一下，并不自觉地在盆中往后抽了抽。

　　她感觉到小伙子的脚有些僵硬了以后，更加用心地做起来。

　　小伙子来城里打工八个多月了，秋收时节回乡下帮忙收秋，谁知道长途车在半道上抛了锚，他赶到家时已经深夜，叫了半天门妻子才出来，还慌慌张张的。他开始没意识到什么异常，在前头走向堂屋门，妻子紧跟在后面。但他刚进屋，就听到大门发出一声轻微的吱悠声，与此同时他听到大门外好似有人迅速跑远了。他满头的火苗子蹿出老高，眼前一片金星乱冒。他警觉道："怎么回事儿？""哦，忘了关门了。"妻子慌慌张张地跑出去，他也马上跟了过去。大门开着一条宽缝。他仰头试了试，夜色中没有一丝风。他快速拉开大门走出去，四周一片寂静，唯有天空的星星在不怀好意地眨巴着眼睛。

　　小伙子的眼神慢慢散淡起来。

　　那天夜里，妻子反而问他怎么了。他对妻子是既怀疑，又苦于没有把柄。他旁敲侧击地问着，妻子却委屈地流起眼泪来。白天忙地里的农活，为了多挣点钱每天晚上在村里的鸭子屠宰场再干三个多小时。妻子把被泡得白惨惨的手伸到他眼前说，整天累得要命，哪有你想的那些花花肠子！

　　他心里别别扭扭的，田里的活儿干到差不多就迅速回到了打工的地方，但对妻子的怀疑始终没有打消，他就不想再抠门地积攒工钱了，所以来到了这里，想找个小姐也放纵自己一下。

　　但哪想到，为他泡脚的女人竟这么体贴人，进大门时的狠劲慢慢消散，他心里渐渐地涌起了一股好似感动的东西。尤其看到女人那双被泡得惨白的手后，他无来由地心里动了一下。那种随意，那种不在乎，开始慢慢溜走。

　　女人感到手下的脚开始酥软下来。她知道，小伙子的火气已经消失

了。她长长地出了一口气。

　　她为小伙子认真做完脚，用手轻轻拍了拍脚面，笑着说："大兄弟，好了！"

　　小伙子这么半天没说话，张嘴就显得有些困难的样子了："开始，我……我……以后不……"

　　她轻声笑道："没什么——咱都是来打工的呀。"

银　钗

身上穿的西装，皱皱巴巴的，一进大厅就四处睃摸，明显看出是第一次来这种场所，并且一准是从农村来的。作为大堂领班，她迅速走上前去，以职业的笑容和口吻拦住他："先生您好，请问需要我为您提供什么服务吗？"

作为高档洗浴中心，这里很少有农民工光顾，她其实是想迅速让他走出大门的，担心他付不起昂贵的费用是一个方面，同时也是为了让他别把打工挣来的血汗钱抛洒在这里。作为也是从农村来的，她的心不自觉地就倾向了顾客。

"俺不需要什么服务，俺是来找人的。"男人好似溺水者抓住了一把稻草，眼巴巴地看着她，快速地说出了目的。

她心里无来由地轻松了起来，笑了一笑，又换成了职业状态："找人？"

"是的是的，俺找俺媳妇杏花呀，"他急急地说，"结婚不到五年时间，她就撇下孩子出来打工了，俺只好在家种地，照看孩子。可是前天她回去，把这个还给俺就又走了。"

男人说着从兜里掏出手，摊开手掌，里面躺着一个有些发乌的小小巧巧的银色器物。她不认识这是什么东西。男人说："这是俺奶奶传下来的银钗，俺娘又传给了她。她还给俺，她这是要不跟俺过了啊。"

她听明白后，迅速数算了一下自己这里的女服务员，没有一个符合他描述的情况，就劝他道："这里没有叫杏花的，你赶紧去别处找吧。你首先应该知道她在哪里打工，才好有目标找啊。"

"真的，真的啊？"男人显得更加焦急了，"原来光知道在洗浴中心，

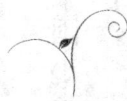

在哪个还真不知道哩。"

一看自己和他说的太多了，就马上刹车了："我忙去了。"

本来过后就忘记了的，可这天她和两个好姐妹去逛银座商厦，在女装区竟然又看到了男人，仍然是穿着那身西装，急切地询问着这里的服务员。她走上前去一听，还是那老话题，手里一如既往地摊放着那只银钗。恍惚间她怀疑起来，这人是不是神经有问题呀？

她走上前去："嗨，你好。"

男人转过头来，眼光黯淡，可是并没有一丝呆滞神情，看了半天，才笑了出来："哦——是你呀，逛商厦？"

她以开玩笑的口吻问着，"还没有找到媳妇？——怎么上这里找了？你能确定她在这座城市里？"

"原来的确是在这里的，现在会上哪里去呢？我这不是到处找找看嘛？"男人无奈地说道，"反正我也在这打工了，慢慢找，有机会就问，总有一天是能找到的。"

"真够痴情的。"她心里一动，心脏"别别"地跳了几下。

那俩小姐妹过来催她了，她告诉他："我会帮你留意的，有消息怎么告诉你啊？"

"我常过去找你打听吧，等我买上手机就给你手机号。"男人很感激的样子。

真不知自己这是怎么了，在城市里找人不就是大海里捞针吗？何况自己还有繁忙的工作，但既然答应了人家，就得当回事儿了。

几天后，她深深感到困难了，她利用各种机会，问遍了本城的所有有洗浴业务的地方，一点线索也没有。

多次与男人见面后，俩人感到都是熟人的感觉了，随着交谈的深入，她才明白，杏花其实不是个好女人，在乡下时就与同村另一男人有不清不白的关系，后来心也逐渐野了，看到自己的男人那文弱的样子，她越来越不满意，遂撇下自己的亲骨肉跑出来了。

"她都那样了，你还这么一厢情愿哪？"时间长了，她也就不用拘谨了，半是玩笑，半是认真地说。

　　"当初我看上了她，并娶了人家，当时就是打谱一辈子永远在一起的。她一时被别人骗，才这样了。我相信她一定能回头的。"男人眼光痴痴的，说着说着，又掏出了那只银钗，"她也说过，这只银钗，不仅能卡住她的头发，更能同时卡住她的心，她是被人骗了啊。"

　　她的眼里突然涌起一片雾气，有一种湿湿的感觉。她自己的男人因为她来洗浴中心打工，总认为她会干什么丢人现眼的事儿，经过多次争吵以后，最终离她而去。她都认为这个世界上再也难以找到有点胸怀的男人了。恍惚中，她看到那银钗不再发乌了，逐渐变得银亮起来。

　　她伸手抓过那只银钗来，轻轻地摩挲着，摩挲着。她觉得这只银钗竟有一股暖暖的感觉，顺着她的手臂，逐渐向她的心里流动着，流动着……

　　过了一会儿，她轻轻地把银钗放回到男人的手心里："你放心，我会继续帮你找杏花的。"

邻　居

看到他的第一眼，娟一下子就怔住了。

结婚前，娟坚持在这个僻静的小区里选择新房，其实骨子里就是为了避免少碰到他。谁知道新婚还不到一个月，就碰面了。娟想和他打招呼，他看了娟一眼，毫无表情地转身离开了。娟的心脏往下一坠，眼前发黑，浑身轻飘飘的。待这阵迷糊过去，娟发现整个小区里一个人影都不见，只有阳光死乞白赖地铺在楼房之间的空地上，娟一落脚就好像踩在了虚空里，身子摇晃着要陷下去，陷下去……

娟与他本来是多年的邻居，不知从什么时候起，二人见面就都脸红。后来弄明白了，他们是互相喜欢上对方了。有时他约娟，有时娟约他，酒吧，咖啡馆，歌厅，都留下了他俩的身影。

一次，家中无人，他把娟约在了他的家中。没说几句话，他兴奋地拿出几个酒瓶，摆上两个酒杯，一会儿倒上点这种酒，一会儿倒上点那种液体，双手不停地翻飞。还在娟疑惑地眨巴着眼睛的时候，他兴奋地拉了娟一把，指着两杯蔚蓝的液体："好了。"娟看到杯子里那好似大海一样的蓝色还在轻微地颤动着，就喜欢上了，夸张地喊道："哇，真好看。"他告诉娟："我专门准备的，就想为你勾兑这种叫玛格丽特的鸡尾酒，庆祝我们相爱，愿我们的未来好似这蓝色一样安静。"娟的眼睛有些湿润，为了遮掩她赶紧端起酒杯，蓝色的光晕晃动着，漾得她的心也慢慢舒展开来。过去两人进入酒吧，也就是为了那种氛围，仅仅点份饮料，酒是没有点过的。谁知道，他这么有心，竟然学会了勾兑鸡尾酒。娟被感动了，主动与他碰了一下杯，轻轻啜了一小口："咳咳，好辣呀。"他笑吟吟地看着她："慢慢地品，辣后的感觉是很香的果味。""真的?""嘿嘿，我也没尝到这种感觉，只是对这种酒是这样介绍的。"然后他们就光顾说话了，再也没有端起来过。

时间长了，他们的关系自然而然地不断进展着。那次是在娟的家里的约会，他说："什么时候，咱俩由邻居搬到一块，我就心满意足了。"娟羞红着脸，也小声说："会的，以后我们永远在一起，就不是邻居了。"就像说绕口令一样地说着说着，两人就突破了仅剩的那道防线。

娟感到阳光太刺眼了，使劲摇摇头，还是恍恍惚惚的。娟记得那天起来后，两人又说了很长时间的话，现在想来废话很多，但他说过的一句话这时猛然蹦了出来，他当时轻轻地笑着说："我这辈子就认定你了，永远是不会变心的。要是有一天，你变了心我也毫无怨言。但我会跟着你，永远当你的邻居，经常看到就心满意足了。"这次碰到他，娟的心一下就悬了起来。

娟的父母知道他俩的关系后，坚决不同意。父母说的理由是对他一点好感也没有，如果娟非要跟着他，相处起来会很别扭。

看到没有余地，时间长了娟也想开了，就同他分手了。当时，他一直沉默着，失神地望着远处，喉结上下滚动了几次，说了声："只能这样了。"就起身走了。不久，娟认识了现在的丈夫。娟怕经常碰到他会难堪，所以结婚时选择了现在的住处。

几天后，娟在这个小区里又见到了他。这次他见娟还是自己一个人，就主动走了过来："我们是邻居了。"娟心里一下子空了，一定神的工夫，他已经转身走了。娟往前赶几步："你、你这是何苦啊。"他好似没有听见似的，稳稳地向前走去。

担心变成了现实，娟更加手足无措了，正干着一件事就愣住了，目光呆呆的，忘了一切，饭菜烧糊成了家常便饭，在单位被领导大声训斥也成了每天的固定项目。

娟和丈夫商量着要换房子，丈夫奇怪："不是你挑选的吗，怎么了？"她掩饰说："当时为了环境安静，现在感到不方便了啊。"好在丈夫本来就不喜欢这里，于是费了一番周折，半年后把家搬到了另一个小区。

半年以来，每过三五天他总是出现在娟的面前一次，给娟带来了无尽

的心理折磨。娟知道了他始终拒绝别人给介绍的对象，就想劝劝他。可他从来不给机会，他总是让娟看到自己后就马上离开，从不说话。

娟发现新的小区里树叶是那么地绿，阳光是那么地明丽，喜欢得不得了。娟知道，这是自己摆脱开他，终于松了一口气的结果。

换房子是偷偷摸摸的，搬家更是选在了半夜，为的就是不让他知道。

几个月过去了，娟没有再见到他，才终于放心了。

这天，娟下班后脚步轻松地回到小区，往自己的楼前正走着，突然身后响起了熟悉而又可怕的声音："我也搬家了，我们又成了邻居了。"娟膝盖一软，差点跪到了地上。当娟回转过身子来的时候，他又步履沉稳地走远了。

生活又回到了从前，每过三五天，他的身影总会在娟的眼前出现一次，但从来不让娟有说话的机会。

不知何时开始，每见到他一次娟就会走进酒吧，吩咐服务员："来一杯玛格丽特。"

娟会慢慢端起来，眯着眼睛，茫然地盯着这一杯蓝色的液体看啊看啊的，直到临走才一下子倒入口中，在越来越重地咳嗽声中摇摇晃晃地走出酒吧的大门……

换

　　"你看你，你看你，怎么又买回来了这样的啊！"妻子拿着一条崭新的裤子，翻过来调过去地看了半天，然后举到丈夫的眼前，指着歪斜的裤缝，嘴里不停地说着。她的眼睛里透着兴奋和满足，好似只有这样才能显得少了她把这道关不行似的。丈夫唯唯诺诺的，连连点头又接着连连摇头："嗯嗯，你说我这是办的什么事啊！粗心了，粗心了。"

　　"我去换去。快告诉我在哪买的？"妻子急吼吼的，恨不得马上就走。

　　丈夫笑眯眯的，连说："不急不急。"

　　"还不急，晚了卖衣服的不承认了怎么办？"女人一条腿已经往后抽了半步，身子也开始往后转了。

　　"新潮服装店，"丈夫说，"还是等我去换吧，我买的人家恐怕只认我，人家不换给你怎么办？"

　　女人说："像以前那样，你写封信我拿着，不就行了！你去换，再换个有毛病的多麻烦？"

　　"我有这么笨啊？"丈夫笑着，转身坐到写字台前，背对着妻子，拉开抽屉，稀里哗啦翻弄了一阵子，写了半天，把一个信封递到妻子的手里。

　　看到妻子兴冲冲的离去样子，丈夫盯着她的背影怔了半天，轻微地摇摇头，无声地呼出了一口长气。

　　半年前，妻子出了一次车祸，头部伤势严重，经过一番治疗后，却出现了一种很怪的状态，生活能自理，就是经常处于愣怔状态，坐在那里一坐就是半天。站起来后，也是闷闷不乐的，提不起神来。看到妻子的这种情况，他很是担心。但多次到医院检查，医生也说不出个道道来，只说好好调节情绪，别惹她生气，尽量让其处于兴奋状态，也许会好起来的。

丈夫给她讲笑话，想用这种方式让她高兴起来。搜集来一个很好笑的段子后，讲完，自己都忍不住大笑了，可看看妻子，还是在那里愣愣地坐着。看到妻子那无动于衷的神态，丈夫的心悬得更高了。

电磁炉上烧着的水开了，她视而不见，眼睛迷离，眼神分散。壶水蒸发净了，壶体开始发红了，她还在那里失神地坐着。好似灵魂离开了身体，剩下的只是一个躯壳。要不是后来做丈夫的回来正好碰见，还不知会造成怎样的后果。

那天丈夫给她买回来一件上衣，从包装袋里拿出来在她眼前照量了一下，她才有了反应，伸手拿了过去。丈夫认为她接着会在身上比画比画，会穿上试试合身不。谁知道，她对试穿根本不感兴趣，而是在床上铺展开来，一道缝一道缝地顺溜着，仔细地看着，偶尔往两边拽拽，试试结实不结实。看完衣缝，又开始扒拉着看扣子，看前襟看后襟。"你看，这里有毛病。"妻子的眼睛开始放出炯炯有神的光芒，人也变精神了。"哪里哪里啊?"丈夫赶忙凑上前去，也焦急得不得了。妻子指着后脖领的部位："这里针脚斜了。"他说："在领子底下，谁家能看出来，不要紧的。""你再看，对襟对得不齐，太难看了，你买的是次品吧?""不是不是。"丈夫怕她生气，更造成情绪的低落，所以赶紧表明态度，并仔细看了看，说不齐吧却不明显，说齐去来又还真有些玄乎，价位低的东西就是这样啊。丈夫就不在乎地说："看不出来，不是什么大的问题啊。"妻子高声嚷道："你说说你，怎么这么不会买东西呢，赶紧去换去呀。"他想想也是，买这件衣服就是为了让妻子高兴的，这样她当然高兴不起来，于是就拿着衣服往外走去。妻子在身后又发话了："你去难让人放心，还是我和你一块去吧。"就这样，妻子的情绪转好了。

此后，妻子从愣怔状态摆脱出来了，不再呆坐着了，干活也不再丢三落四的，简直就成一个正常人了。他知道，是发现毛病让妻子有了一种成就感。但是不到两个月，妻子又恢复到了以前的状况。

为了让妻子再次摆脱这种愣怔，他开始故意买来残次品，然后让妻子发现问题，再去换回一件新的。妻子每次发现毛病和解决问题后，总会恢复到正常状态，两个月过后，重新来一个轮回。

丈夫也买过其他类别的残次品，可妻子对到服装市场换衣服更有兴趣。所以就与服装店说好，他每次都是先买下一件残次品，但把钱一次支足，最后再让妻子拿着自己写的信去换回一件新的。开始服装店怕有人来换货影响生意，不情愿。在他加钱百分之二十的承诺中，商家才勉强同意了。再后来，各家店都知道了他俩的事，就都很感动地想帮助他，也不用加价了，只要见到他的纸条，就会换的。

这次妻子回来得晚，他就有些不放心了，赶紧出去迎接。在走出去不到五百米的时候，他看到妻子笑吟吟地迎面走来了，目光炯炯有神，手里拿着一个手提纸袋，脚步结实有力。

他长长地叹一口气，恍惚了一下。恰在这时，一辆大卡车从他身后快速驶来，"嘎"的一声车刹住的同时，他已经高高地飞了起来……

项　链

"那个女人又讲开了，咱过去听听?"星期天的下午，我和朋友张在路上正走着，他突然往前一指，和我商量。

我抬头一看，可不是怎的，她的蛇皮袋子已经装满了，斜倚在垃圾箱前，她在十几步外的地方，嘴巴不停地张合着。

我俩好奇地往前凑去。她的周围稀稀两两地站立着几个头上布满白发的老年男女，在神情专注地听着，眼睛里还流露出歆羡的目光。也有些年轻人往前略微一站，但接着就脚步匆匆地走开了。这个老女人我以前就见过，并且给我留下了很多不确定的问题，所以今天一见到她，就不由得加快了脚步，毫不犹豫地向前靠拢过去。

十多天前，我中午下班回家，在小区大门里边的一个垃圾箱前，这个女人右手掌心向上托在下巴颏前，脸上布满了细密的皱纹，被阳光晒成褐色的皮肤使得这张脸更像一枚尚未充分成熟但又已经干透的核桃，但上面满是陶醉的神情。已经大半花白的头发显得有些乱，上面粘了一层黄吧啦叽的尘土。仔细一看，她手上托着的是一条透着黄色亮光的项链，由于还在脖子里挂着，所以两边的链条都磨擦着她的耳垂，她毫不在意。"看看，看看，儿媳妇给我买的，俺不要还不行，一口一个妈叫着，非给我挂上不行。儿也是这样的，媳妇要买你就同意?我一个老婆子戴这个干什么?"有人插话说:"哎呀，这是你的福气呀!和婆婆贴心贴骨的媳妇难找啊，你是摊上了，还不知几辈子修来的福啊。"这个老女人双目炯炯有神，托着项链的手放下来，那条项链下半部分就挂在了她胸前的衣服外面，随着她身体的晃动摇荡着，她扑了扑褂子的前襟，继续说着，"那还用说，俺就这么一棵独苗，儿子他也争气啊，从小就聪明，下了学就在村里当干部，没用几年就当上了村支书，他领着大伙办厂子，产的东西都卖给了外国人，那些蓝眼的黄毛伸着大拇指叽哩哇啦地和他说话呢。他跺跺脚，整个村子就得震乎半天。"有人插嘴："儿子腰杆硬，媳妇当然就没的说！"她赶忙否认："不对不对，俺那儿媳妇从来就这么好，和我说话从没有高言语，都是细声慢气的，叫妈叫得比亲生的还亲，你说我心里那个暖和味啊，简直是没的说。""真这么好？"有人疑惑地问道。她的手往外一扒拉，脸上的笑容一下子消失了，张着嘴往外呼着气："你不信？"那人底气不足地小声道："那怎么还让你出来捡破烂儿？"她好似出了一口细微的长气，神情松弛下来："儿子不让我把横草拿成竖儿，媳妇饭给盛在碗里，筷子给递到手里，整天什么活儿也不让我干一点，俺一动手就被抢过去了。闲得俺那个难受劲儿，简直是受罪。也嫌我出来丢他们的脸，光想把我找回去。我就试着这样最舒坦，所以找回去俺再跑出来，嘻嘻，找回去俺再跑出来，嘻嘻。"由于当时急着去上班，我没能再听下去。

和我住一座楼的朋友张正好走过来听到了她的话，就笑了笑。我们一边往外走一边聊着，朋友张说："这老太太很有趣，上次我听到她说的不是这样的。""哦？""上次在银杏路上，也是拣满垃圾了，她托着项链夸奖的是她的女儿，说是女儿给买的，把她女儿那一阵夸啊，也是说清福享不了，出来自由，等等的。""看来儿女确实很孝敬，不过不让老人干活其实是不科学的，人没事干不行啊。"当时我们感叹过了，也就忘记了。

今天看到她，又引起了我们的好奇心，再加上也不急着去干什么，我和张就是闲转悠着散步的，我们来到她的跟前，想好好听听，到底是怎么一回事？

"你问俺几个孩子？俺俩儿一个闺女啊，"她已经说到这里了，我们赶紧伸直耳朵认真听着，"大儿在省城，当着官呐，忙，回来的少，就光知道给我汇钱，你说说我一个老太婆能花多少钱。闺女排行老二，出门子了，还光来看我，一回来还总是大包小包的，买那么多东西。不缺穿来不缺吃，可俺就是老贱料，在家里不如出来自在，所以出来了。"在她说话的时候，我始终不自觉地盯着她挂在脖子里的那条项链，觉得很快就会讲这条项链了。不久，她果真又用左手两个指头捏出来了，并赶紧伸出右手

心托住,在项链被抬高到耳垂部位的时候,她那满脸皱纹里全部都是笑意,眼睛眯着,但精光外射,明澈极了,"小儿一家也争着孝顺。小儿子整天嘱咐我不让我干活,就怕累着他老娘。一看见我干活就吵我,立马就夺过去。小儿媳妇也听话,横草不让我拿成竖儿,这不,还给我买个项链要我挂脖子里,你说说我这老太婆怎么好意思戴,唉!要打扮我,整天看着我的脖子,不戴还不行,哎哟哟。"

朋友张往前赶了几步,随意地笑问道:"上次你说是闺女……"

一个农村干部模样的人打断了朋友张的问话:"老婆子,让我们好找!又在这里胡咧咧了?喃,给你选民证,到初八那天回村里参加村委换届选举,别忘了啊。"说着递给她一张浅黄色的小纸片,然后转过头来对众人说道,"这老太婆一辈子无儿无女的,前几年殁了男人后,就爱托着两块钱一条的项链到处张摆,胡咧咧儿啊女的。"

这个女人眼里的光芒猛然黯淡下去,神色有些不安,身体畏缩着,快速地抓起蛇皮袋,往背上一悠,趔趔趄趄往远处走去。

以后,这个女人就在这个小城里彻底消失了,没有任何人再见到过她的身影。

金黄的玉米饼

"你就按我说的办，弄盘香椿芽咸菜，烙玉米饼子。"爹颤巍巍的，激动着站了起来，挂着拐杖的右手来回哆嗦，拐杖也随之晃动。真担心他一不小心，摔倒在地上。

儿子感到奇怪，已经耳聋，并且糊涂了多年的爹，怎么突然好像又听到了。

平时家里人说个事儿，对着他的耳朵大声吆喝，他都苦笑着，摆摆手："白搭啊，听不着啦。"

可是今天，他好像听得非常明白。

已经四十多岁的儿子，正在手忙脚乱的，有点不耐烦："俺的亲爹哎，你就别打岔了。"

"我打岔？"爹的白胡子一煞一煞的，生气地说，"我打什么岔！马乡长要来咱们家，我好心给你出个主意，你还嫌乎我！"

儿子一下子回过神来了，他惊奇地盯着爹："爹，您真的都听到了？"

爹用拐杖使劲挂了几下地："马乡长啊，最爱就着香椿芽咸菜吃玉米饼子。"

"您怎么知道？您认识马乡长？"儿子奇怪地问道。

爹满脸漾起笑容，自豪地说："那是啊，那年春上，马乡长来咱们庄里蹲点，派饭派到咱家，白面都和上了，他说什么也不叫办，他说最爱吃玉米饼子，烙出来后，他就着香椿芽咸菜一气吃了三张。"

"那都是几辈子的老皇历了，这说的不是一回事儿啊。"儿子摆摆手，尴尬地笑着。

爹又挂了几下拐杖："怎么不是一回事儿？不就是马乡长要来咱们家，

咱想管他吃顿饭嘛。"

儿子点一下头："是啊，但怎么能让人家吃那个，现在又不是缺精米白面的！"

"马乡长爱吃，就得烙给他吃，"爹不容置疑地说，"就这么办！"说完，转身回了自己的屋里。

儿子嘟囔着："你知道现在都是什么社会了。"

到了那天，天刚亮爹就起来了，催促着："今天马乡长要来了，快点烙玉米饼子啊。"

儿子对媳妇说："烙吧烙吧。马乡长不在咱家吃饭，我问好了。烙了留着咱自己吃，哄老头子高兴高兴吧。"

媳妇就听话地和玉米面去了。

日头东南晌的时候，两辆黑色的小车在门前停下，支书陪着马乡长从车里出来，后面呼呼啦啦地跟着八、九个人。

爹早拄着拐杖站在院子里了，村支书引着马乡长来到面前，刚一介绍，马乡长就热情地伸出手来，爹的右手和拐杖一起晃着，但他也马上伸出左手拉住马乡长的右手："好啊？"随即一愣神，接着说，"你不是马乡长！"

"是马乡长！"支书大声说完，又快速转过头来，向马乡长解释，"老人家耳朵有点背，经常糊里糊涂的，说话就这样。"

爹自顾自地继续说着："马乡长手没这么软和，光茧子啊。"

支书的脸色有点不好看了。

儿子就快速地往屋里让着客人："屋里喝茶，屋里喝茶。"

屋里收拾得很板正，干干净净的。靠后墙的高方桌上有一个箔篮，里面放着刚烙出来的玉米饼子，金黄金黄的，散发出一股浓郁的香味。

"老爷子说的马乡长是谁啊？"马乡长问。

支书笑笑，赶紧回答："这都是上世纪的事儿了，六十年代，有位马乡长在俺这村里住过点，老人说的可能是他。"

马乡长若有所思地点点头："我父亲当过乡长，在这一带蹲过点。六十年代的话，应该是他。"

"哦，太巧了，简直是一段佳话。"支书满脸是笑地应和道。

"听说马乡长要来，我让儿媳妇烙玉米饼子，他爱吃，爱就着香椿芽吃。"爹又一步三晃地进来，看着满屋子的人，"你们在这里吃饭吧，啊?"

支书赶忙说："马乡长工作很忙，今天还有别的事儿，以后再来吧。"

"都晌午歪了，不吃饭怎么能走!"爹瞪着眼，非常着急。

马乡长赶忙接过话茬儿："这样吧，我也非常喜欢吃玉米饼子，我带着几个吧?"

爹的眼里透出兴奋："你们工作同志忙，这样也怪好啊。"

随行的人赶忙出去拿来一个方便袋，装上了三个玉米饼子。

爹的脸上笑眯眯的，显出心满意足的样子。

爹看得很清楚，这些人是在支书家吃的饭。他有点难过，但想到自己操心了这么些天的玉米饼子，马乡长一定吃得非常香甜，就又很知足了。

第二天，爹从支书家门口路过，发现支书的鸡们正在使劲地低头餐着什么。仔细一看，竟是金黄的玉米饼子。他的眼睛里突然一片浑浊，拐杖一点地一摇晃着慢慢走了。

当天，儿子发现，爹又恢复到又聋又糊涂的状态中了。

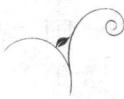

茶 叶

那天，他到办公室主任家里去坐了坐，主要是要房子，他准备结婚了。主任非常痛快，答应下一次分房子一定给他两间。他非常高兴，与主任海阔天空地聊了半天，然后才兴冲冲地告辞了。

过后，他总感到太简单，太容易了，苦思冥想了几天，与主任的神聊中，主任的话中有关茶叶的好像多一些。

于是，他决定买点茶叶送给主任。他来到百货商店的茶叶专柜前，选了一种最贵的，狠了狠心，掏出 500 元钱，买了 1000 克。这天晚上，他像做贼一样，蹑手蹑脚地拎着这两包茶叶又走进了主任家。

主任说，你看你，不就是要两间房子吗，还来这一套，拿走拿走。

他满脸堆笑，谦恭地说，主任，也不是什么好茶叶，您就收下吧，还不知好喝不好喝呢。

这么贵的茶叶上面竟布满了一层白绒绒的细毛，因为是送给主任的，他就没舍得尝尝。

主任说，是点茶叶啊，那就下不为例吧。你放心，房子的事儿，我说了还是算数的，保证有你的。

刚送走他关上房门，主任妻子就急不可待地打开了茶叶包，哟，我还当是什么好茶叶呢，你快来看看，竟全是长了毛的，嘿，这个人啊，送礼也不会送，小人物就这样，不知从哪里弄点好东西，自己从不舍得用，一直搁在那里搁不住了，才去送人。

主任说，不可能啊。这小伙子向来忠诚老实，怎么会这样呢。主任走上前来一看，可不是怎么的。这个小伙子，哼。

扔啦，扔啦，你快去扔了，主任吩咐妻子说，拿出去扔得远远的。

因这两包茶叶，他给主任留下的印象一下子变坏了。

妻子犹豫了一会儿，突然笑了，我说，你不是办公室主任吗。

是啊，是又怎么啦。

办公室里不是经常用茶叶吗，你等着平时买了好点的茶叶时，拿回家来，把这两包顶上不就得了，反正办公室里人来人往的，没人注意这个事儿的。

不久，上头让主任拿分房方案时，主任终于把答应分给小伙的两间房子分给了别人。

这天，主任花了80元钱买了2斤茶叶，下班时拿回了家，第二天提前到办公室，把从家中拿来的茶叶放回了办公室里。

今天要公布分房方案了。

主席台下，坐满了本单位的所有人员，主任看到，他也在人群中，充满希望，高兴地合不拢嘴。

大会就要开始了，通讯员过来要茶叶，往主席台上的茶杯里放。

主任打开橱门一看，顿时傻了眼，里面只有从家中顶来的两包长了毛的茶叶，没办法，只好凑和着用了。

大会开始，头头开始讲话，讲了一会儿，头儿拿开杯盖，端起茶杯，坐在台下的主任发现头儿的神情一下子变了，显得好像有点惊奇，但最明显的是眉头皱了几皱。

主任的心一下子提了起来，这算什么事儿啊，唉。

头儿吹了吹茶杯里的水面，啜了一小口，很快就恢复了常态，平静地讲了下去。

整个会议过程，主任是在忐忑不安中度过的，头儿讲的方案，一句也没有进入耳朵，反而不时地瞪一眼满含希望、高高兴兴的他，哼！

会议一散，主任立即走到头儿跟前，太对不住了，今天，这茶叶……

头儿打断主任的话，我的大主任，今天怎么这么大方啊，搞这么高档的茶叶让我们喝。

主任更加窘迫了，一脸尴尬，好茶叶没有了，只好用这长毛的。

哈，长了毛的，我的大主任，你真会开玩笑，这是名茶，洞庭君山银针，得 300 块钱 1 斤，长了毛的？哈哈哈。

"啊——"主任一下子张大了嘴巴。

下　乡

　　我被考录为市委办公室秘书不久，从邻县调来的市委副书记史刚也到任了。

　　史书记穿得土里土气的，根本不像个官样，但待人和蔼可亲。

　　"高秘书啊，跟我下趟乡吧。"他一边吩咐一边还拍拍我的肩头。

　　我很激动，赶忙请示道："喔，去哪里啊，史书记？我先打个电话告诉他们一声？"

　　史书记说："你随便安排三个乡镇吧。"

　　我立即考虑了三个乡镇，并打电话通知他们，新调来的史书记要去进行调查研究。

　　临出发前，我又对着办公室的镜子抿了抿发型，整理了一下领带，使自己显得板板正正。

　　出发时，我发现，史书记仍穿着那身土气的衣服。

　　小车在赵庄乡党政办公室门前刚一停下，我就推开车门，走下来准备为史书记开后车门。可等在办公室门前的几个乡里的干部已赶过来，其中一个方脸大汉紧紧握着我的手说："史书记，欢迎，欢迎，我叫郑应照，是这个乡的党委书记。"并指着身边的人，开始介绍："这是……"

　　"我……"我非常着急，窘迫不已。

　　在我处于愣怔状态还未回过神来的时候，史书记已自己打开车门走下车，并意味深长地瞥了我一眼。

　　在前往钱庄镇去的路上，我非常沮丧。我这是怎么一回事儿啊，作为领导人的秘书，怎么弄出这种洋相！这究竟是什么原因呢？肯定是有些乡镇干部认为坐在前排司机座位旁的人是主要领导。我想和史书记换一下位

置，但我又不敢开口。

"高秘书啊，怨不得人家看得起你，你有官相。只要好好干，一定会不断进步的。我快成糟老头子啦，人家不理我喽。"由于刚刚和史书记接触，我不理解史书记是和我开玩笑，还是婉转地批评我。

到了钱庄镇停车后，我为避免上次的尴尬局面，决定让史书记自己推开车门，先下车。

史书记走下车去，刚伸了个懒腰，从办公室里早走出几个人来。

我的天，他们竟对史书记一点也不理睬，一下子拥到车跟前，拉开我座位旁边的车门，热情地说："史书记，请下车。"竟还一手拉着车门，一手挡在车门的上方。

我在尴尬之中，发现史书记朝我挤了挤眼，还笑了笑。

我的汗一下子冒了出来，赶忙指了指车门后的史书记说："不不不，那是史书记。"

在难堪之中，我好像听到谁嘟囔了一声："不像啊。"

车子向孙庄乡行驶过程中，我更加忐忑不安了，史书记也沉默不语。我偷偷地从前方的反光镜中不时地瞥他一下，见他眉峰紧蹙，满脸严峻，好似在生气，又好似在思考着什么。

到孙庄乡后，我与史书记同时打开车门，同时走下车来，我准备赶快向乡里的干部作介绍。还未等我张口，一个干练的四十多岁的干部快步走上前来，又舍弃了史书记，紧紧地握住了我的手说："史书记，请接待室里坐，我们马上向您汇报工作。"

在返回市里的路途中，我内疚地向史书记作检讨："史书记，对不起，我错了，往后我一定注意。"

"哈哈哈，"史书记放声大笑起来，"高秘书，你这是怎么啦？你错了，你错了什么？"

"我……"是啊，我错了什么呢？

史书记从后座上伸过手来，又拍了拍我的肩头："高秘书，我早就说过了，你有官相嘛。"

过了不久，办公室主任告诉我，史书记找我。我心里咯噔一下，他找我有什么事儿呢?

当我不安地走进史书记办公室时,史书记仍穿得土里土气的,笑眯眯地说:"高秘书啊,跟我下趟乡吧。"

门 卫

退休以后，林大业到国营铝厂当了门卫。老工人了，一辈子兢兢业业，当门卫就更认真。他每天都对进出厂人员进行认真地检查，特别是对出厂人员更是苛刻，只要带包出厂，他都要进行例行的检查。

这天，副厂长老李骑自行车带了一个包要出大门，林大业看他没有停下接受检查的模样，就飞快地冲上去，攥住了李副厂长的车把："李厂长，我还没检查呐。"

"怎么，你要检查我？"老李满脸惊奇。

林大业说："不是让我对所有的人一律进行检查么？"

老李笑了笑："我又没带厂里的什么东西，就免了吧。"

林大业也笑了笑，坚持道："既然没带公家的东西，就更不必怕检查了。"

"唉，你呀。"老李的脸色一下子变了，但还是住下了。

可林大业打开包一看，老李的包里装的竟全是铝材。

"嗨嗨，这不是……"老李一脸尴尬。

出厂门的人越来越多，大都驻足观看起来，且有了喊喊喳喳的议论声。

"老林，这么多人，让我走吧。"李副厂长几乎是哀求了。

此事过后不久，因工作需要，林大业被铝厂解雇了。

家人对他纷纷指责："都什么年代了，还有你这么认真的人么？"

林大业一脸迷茫："认真有什么错！"

过了一段时间，林大业又到私营企业宏达电器厂当了门卫。上任伊始，厂办主任与他进行了一次详细的谈话，要求他认真负责，大胆履行门卫的职责，对进出人员进行严格检查，特别是要严防任何人往外偷厂里的东西。

在新的工作岗位上，他又认真履行自己门卫的职责了。

他已平平安安地干了一个多月。这天下午，出厂的人特别多，他突然又发现一个人带了一个大包骑着自行车往大门外急走，他机警地一步蹿上去："停！检查！"

那人"咯噔"一下，车子停下了，扭过头来："老林啊，正忙着呐。"

他突然呆住了："厂长，是您啊。"

这个人是厂长柳闻。

"怎么老林，对我也要进行检查？"柳厂长一脸的不高兴。

林大业犹豫了一下，接着，又急忙解释道："我不知道是您，还以为是工人呢，知道是您的话，我就不喊了。"

"嗯。"厂长听得很认真。

他发现门口的人越来越多，急忙对厂长说："您忙着呐，快走吧。"

"怎么，不用检查我啦？"厂长笑着问他。

"不用啦，不用啦，您快走吧，厂长。"他急忙表白道。

他想起了上次的境遇，心里又一阵沮丧。他想安心在一个地方待下去，老工人了，他把被辞退看作是一件很丢人的事。

可是，第二天一早，他就接到通知，让他回家，新门卫来上班了。他眼前一阵发黑，险些栽倒地下。

现在，林大业仍然在当门卫。不过，情况有了转机，林大业成了我们这个小城的名人。确切地说，是成了小有名气的门卫。

如今，再也不是他这里那里地寻找地方当门卫，而是他愿意上哪里当门卫就到哪里当门卫。但是，不论上哪里当门卫，他都能应付自如，当得顺顺当当，再也未被辞退过，倒是他可以随随便便炒厂子里的鱿鱼了。

他经常感叹："当门卫和当工人不一样，有着不少学问呐！"

当人们问他到底有什么学问时，他总是笑而不答。

毛 病

电视里在播送精彩的节目，李黎明正看得津津有味。

"呃——"妻子突然打起嗝来，"坏了，老毛病又开始了！呃——"

李黎明转过头："快扼腕，报纸上介绍过，扼腕可以止嗝。"

妻子立即两手扼腕："够戗，你这个办法过去试过多次了，哪次顶用来？呃——"

果然，妻子越想止住打嗝，却越止不住。

李黎明又说："今天，我在办公室时，来了一个小伙子，他说和你是同学，想见见你，找到了吗？"

"嗨，你别好笑了，你这是让我转移注意力。止不住啊，呃——"妻子一眼又识破了他的意图。

李黎明站了起来，妻子立即随他转过头："你又想到我身后，猛吓我一下。呃——去，别吓唬我，不管用的。呃——"

"那我的确没有办法啦。"李黎明又坐下看电视去了，但他总感到电视节目不如刚才精采了。

妻子继续在打嗝。

看到她那难受的样子，李黎明起身道："我去找李医生，听说他新进了一种药，能治打嗝的，不知是否是真的。"

他拿药回来时，妻子正在屋内急得团团转，仍在不停地打嗝，眼泪都流了出来。

"快，快，快吃了这药！"他急急地说，"这药叫诺依诺哈，是专治打嗝的特效药，李医生说包你一吃就好。"

"真的，"妻子也兴奋了起来，"呃——"

他急急忙忙倒了一杯开水，端给妻子。

"两片，说开水冲服。好——，你是不是感到有一种热乎乎的感觉从口腔向下滑动？"妻子刚吞下一口水，他就紧追道。

"是啊，有这种感觉。"妻子说。

"这就对了，李医生说这种药只要有这种感觉，就有特效。你再继续体会，是不是这种热感正向丹田下沉？——噢，下沉，下沉就对了。——是不是又向全身扩散了？噢，扩散了，对了对了，李医生正是这么说的——现在是不是全身有一种温热感？——有，有就对了。"

经过李黎明这一阵紧张的折腾，连珠炮似地发问，妻子的打嗝在不知不觉中止住了。

李黎明松了一口气。

妻子也高兴了起来："啊哟，这药真灵。新药就是疗效好。噢，这药叫什么来着？"

李黎明强忍住笑："叫诺依诺哈。"

"诺依诺哈。从这名子看，肯定是进口药。很贵吧？"妻子一边琢磨药名，一边问道。

"哈哈，"李黎明终于忍不住了，"什么诺依诺哈，是我胡编的，骗你的！其实你吃的是健胃消食片，刚吃了晚饭，吃了没坏处。"

"啊，你骗人，那这能管什么用？怎能治打嗝？呃——"妻子又打起嗝来。

李黎明怔住了，两手一抱头："哎——!"

失　落

　　自从被推选为厂长，田佃就为自己的交际能力差发愁。来了客户，他愁着去陪酒、陪玩儿。上级来检查工作，他为自己不会汇报而苦恼。尽管工人们不在乎这些，他还是感到有一种失落感。

　　工人们看到他愁眉不展的样子，就笑他："咱们工人，哪个喜欢油嘴滑舌的，要那样的话，还不继续选王西志，能选你！"

　　王西志是前任厂长，能说会道，工人们把他选下来后，也是整天不开心，也有失落感，很多场合不自觉地就摆出厂长的模样。

　　来了一批任务，过去王西志能从国际国内市场行情一路讲下来，一二三四地要求一番，讲得头头是道，可活儿干得并不怎么好；现在呢，田佃把工人集合起来，憋得脸通红："这批货十天后交，咱都好好干吧，就这么个事儿，散会吧。"工人们哄的一声散去，干活了，可把活儿干得强多了。

　　时间长了，有些人也议论多起来，感到田厂长不像个厂长样，没有厂长的风度。田佃也感到了工作的不方便。

　　这天，他从一则资料上看到国外有些人找替身的消息，就想出了一个主意，决定招聘一个替身厂长，名曰厂长助理，专门为厂里迎来送往，汇报工作。

　　消息一传出，应聘者非常踊跃，王西志也在其中。人们发现，王西志多日不见的笑模样又回到了脸上，充满了必胜的信心。

　　经过笔试、面试，结果王西志成绩最好。

　　招聘组向厂长作了详细汇报，田佃最后拍板："就录用他，也确实他最合适。"

走马上任，王西志满面红光，踌躇满志："厂长，我坚决拥护你，有什么事儿你尽管吩咐。"

"好好，"田佃轻松地一笑，"今天中午你应付一下。"

"应付什么？"王西志没听明白。

"来了谈定货的。"

王西志一下子兴奋了："好，看我的。保证能让他们满满意意，咱们发财。"

"我就不去了。"田佃说。

"嗨嗨嗨，田厂长，你不去咋行？话我说，事我办。你听着，看着，错了你纠正。"王西志有点着急地开导着，"当厂长吧，就这样，愁也不行，烦也不行，该应付的场合还得应付。"

田佃也觉得不去于礼节上说不过去，就与王西志一同去了饭店。

酒桌上，王西志如鱼得水，笑话儿一个个地讲，原则一条条地说，在活跃的气氛中把事情办妥了。

田佃没说几句话，客人们把王西志当成了主角，事前介绍的是厂长助理，客人嘴里却一口一个厂长地叫着。王西志很得意，田佃也没感到不妥。

从这日起，厂里的气氛又变得活跃了起来。

田佃有一个原则，只用王西志迎来送往，决不用他给工人讲话，安排工作，他怕工人有逆反心理，影响工作。

年底到来，上级又来厂里检查工作，要求做好汇报。

田佃让王西志准备，王西志乐颠颠的。

汇报开始后，王西志先感谢领导莅临指导检查工作，接着汇报了厂里的基本情况，然后，把一年的工作概括为三个结合，四个到位，五个加强。田佃在一边奇怪地想，他怎么寻思来，竟编得真模真样的。王西志大言不惭地汇报完了，田佃的脸也红到了脖子根下。

最后，领导们满意地走了。

但临走前，先和王西志握了握手，又和田佃握："王助理是个人才，不错。田厂长，希望你也能尽快地进一步提高工作水平。"

田佃心里噎得慌，几天没理王西志。但他一点也不在乎，还是热情地跑前跑后。

　　田佃就开始认真琢磨自己的不足，努力去改它。

　　春节过后不久，上级又来主持民主选举厂长。

　　这时，田佃的口才已大有长进，述职时，讲得头头是道，对领导们的招待也热情有度，落落大方。

　　可他却落选了。

　　而王西志什么也没说，就又重新当上了厂长。

老年房

拾掇好住处，坐下来喘一口气，就发现窗外大约30米处有一座低矮的单间草房，在野外显得孤单、凄凉，少有生气。

我问陪同的村干部："那房子是干什么用的?"

村干部知道我不懂，就笑笑："老年房啊。农村里儿女大了，结了婚，就盖间这样的屋子，老人自己住。村里很多的。"

村干部走后，我就认真地看起有关村里基本情况的资料来，既来住点包村，就得尽快进入角色。

"老头子，老头子，

老头子就是个混球子。"

我抬头望去，是一群孩子正在我窗前的那间老年房前吆喝自编的歌谣。孩子们又蹦又跳，有的还往老年房扔土块。这些孩子真不像话!

我走出村办公室，直奔老年房去。

这时，一个老头拄着拐杖，颤巍巍地出来了。

他的头发黑白间杂，白多于黑，上面有一层微黄的尘土。人瘦瘦的，脸上皱纹很深，很密。眼中布满黄浊。很精神，气咻咻地："小王八羔子，一个个的，都不是好东西，赶紧滚蛋。"

孩子们并不怕他，与他对骂：

"大羔子，大羔子，你就是一个大羔子。"

"你才不是好东西来。"

"老头子是东西，老头子是东西。"

我发现，老头的嘴里骂着，脸上却还是充满笑容的。

多好的老人啊，这么地宽容。越是这样，孩子们就越显得不像话了。

我快步走到孩子们面前，严肃地对他们说："孩子们，你们都是学生吧。学生是应该讲礼貌，讲文明的，你们怎么能这样对待老年人。快走，上学去。"

"不去，不去，就不去。"他们乱嚷嚷。

我真生气了："真不去！我告诉你们老师去。告诉你们，我是来住村的干部，你们老师也得听我的。"

他们眨巴了一阵子眼睛，一戳弄，"噢"的一声散了。

我回转身，老人的脸上已不见了笑容，我赶紧向老人打招呼："老人家，你好啊。"

"好。"老人不咸不淡的，接着转身进了屋，连理也不理我了。

我暗自责备自己，早不管，你看让孩子们把老人气的。

老人不邀我进屋，我只好讪讪地走回了村办公室我的住房里。

第二天，几乎是与昨天同一时间，孩子们又向老年房去了，仍像昨天那样吆喝着。

我快步跑出来，大喝一声："上学去，敢再去胡闹！"

小孩了们"轰"的一声，跑走了。

回到我的房间，总担心孩子们还会去气老人，就不时地抬头看看那间老年房，孩子们总算没有再去。

不过，我发现老人一次次拄着拐杖走出房子，东瞧瞧，西看看，急急躁躁的，似在盼着谁来似的。

我高兴的是，这一天孩子们再没来和老人对骂，老人过得很平静。

下午，我与村干部说起这事来，村干部告诉我："这老头子，是个老顽童，儿子媳妇也懒得管他。他就整天自己做，自己吃，自己过。小孩子们也是，就是爱来惹他。他就与小孩子们打打闹闹的。唉，他叫孩子们气得也不轻。整天这样啊。"

我暗下决心，一定管好这群孩子，让老人安度晚年。

随后几天，只要一发现这群孩子向老年房涌去，我就断然喝之。

老年人安静了，可我感到老年房也显得更加孤寂了。

孩子们再也不来打搅老人了。

透过窗子，我时常发现他在墙下晒太阳，眼睛痴痴地望着远处，似在期盼着什么。

不久，老人去世了。

村干部对我说："这老顽童，真贱作。不和小孩子打闹了，就活不下去了。"

我的大脑里，一片空白。

他是谁的爹

这天，王所长正在生气，突然就接到了局长打来的电话：

"我是王局，你，最近忙吗？"

王所长立即调整了一下自己的情绪："不忙啊，和平时一样，就是一些正常工作呗。"

局长"嗯啊"了一阵，又说道："这个、这个，有这么个事儿，你看能不能给解决一下？就是今天上午，你们所里查扣了一辆运煤车，有点超载，手续带的也不太全。不过，他的手续都办了，只是当时没带在身上。"

"他就是没有手续，不是没带，局长！"王所长绝对没想到的是，此事竟惊动了局长的大驾，心里说这老头子也够丢人现眼的了。

局长好像不高兴了："我说你这个同志怎么这么武断啊，我这不是正告诉你吗？"

王所长有点摸不着头绪了："难道他把手续带您那里去啦，局长？"

局长沉默了一会儿，又以商量的口气说："没有没有，不过这事我清楚。啊，我看，放了吧？"

"局长，要是别人的话，您既然说了，我、我放也能行，可是惟独作为他不行，我绝对不放他。"王所长气恨恨地说。

"怎么，他怎么得罪你啦？"局长笑了笑，又小声说，"就这么定了，放车。"

"为什么？"王所长仍带着气。

局长半天没说话，最后终于说出了原因，话语里带着不小的火气了："因为他是我爹，行了吧？"

"啊！"王所长一下子懵了，怎么会是这样？

放下电话，他平静了一下自己的情绪，问所里的人："今上午咱们到底查了几辆车？"

"就查了一辆啊。"他们又问，"又怎么啦？"

王所长生气地坐在那里，又是半天没挪窝，恨恨地想道，这老头子到底怎么回事儿啊？

今天中午，查住这辆车以后，老头子一进门就大大咧咧地从车上下来："我是你们王所长的爹，你们费这事儿干什么，我看你们快放了我吧？"

就在所里工作人员一愣的工夫，老头子就冲王所长喊："我犯了什么法，你手下的人叫我上这里来？"

王所长翻翻眼皮，没理他。

所里的人就问："所长，怎么办？"

王所长生气地说："啰嗦个啥！什么怎么办，该怎么办就怎么办！"

"他说是……"

"听他胡咧咧！"

"好啊，你当官当得连爹也不认啦！"

"他不是我爹！"王所长挥挥手，进了办公室。

所里的人让他去补办手续，交罚款，他不听，竟扬长而去。

王所长为此生了半天的气。爹买了辆车跑买卖后，自己一直告诉他，要办好手续，要严格按规定办事，爹都答应得很痛快。没想到的是，竟不是那回事。

太阳快落山的时候，爹又走进了所里。

王所长赶紧把他叫进了自己的办公室："你是何苦呢？"

爹沉默了一会儿，说："费用太多，我又跑得少，照你说的办，我挣不着钱，还得赔！"

王所长把眼光移开："那就别开了。"

爹放在膝盖上的手张了张："我旁的没事儿干啊。"

王所长把手指头在桌面上轻轻敲了一下："别的以后再说，你怎么找到局长那去了？"

"你不管，我有什么办法？"

"又吹是我爹?"

爹把头转向一边:"做你娘的梦吧。"

"怎么?"

"我说是你爹,我能从你这里开走车?"

"那你?"

爹不知小声嘟囔了一句什么,就接着问:"局长叫你放车了吧?"

"局长叫放车时你在跟前?"

"没呢。"

王所长想了想,打开抽屉,翻了翻,又摸了摸口袋,叫进所里的人,让他们把车放了,然后自己赶紧去把手续办了。

过了不久,王所长在局里见到局长,哼哧了半天,问道:"那次查的那老头,他真是您爹?"

局长愣了一会儿,才想起那件事儿,脸色就变得严峻了,半天,气哼哼地"哦"了一声:"怎么,难道他是你爹!"

回 乡

到底这次会怎么样呢？随着家乡的越来越近，他的心情也越来越不平静。

车窗外，树木和田野急骤地往后退去，隆冬的景象让人感到压抑，惟有麦田里的青色能给人一点明快之感。

他还清楚记得上次回家时的尴尬情景。

当时他已在外打工一年，腰包里有了3000多块钱，回家就有点衣锦还乡的意味。他特意到商场买了一套高档西装，还打上了一条鲜红的金利来领带。

他提着高档旅行包一走进家门，爹就瞪大了眼睛，他还认为爹是惊奇呢，就问："爹，我混得怎么样？"

爹说："怎么样你爹那头！"

他问："咋啦？"

"寒酸！你看人家二狗剩回来，还是走时的蛇皮袋，一身庄户衣裳。你看你，像个什么样！"

"二狗剩混瞎啦？"他急问，"你也盼我混瞎？"

爹说："挣了几千块呢，人家混瞎啦？"

他就自豪："我带回来3000多！"

爹不理他的茬："你看你这身打扮，不让兄弟爷们笑话你？"

"混好了还有笑话的，岂不怪哉？"他不信爹的话。

可他走在街上，见了乡亲，一搭话，人家"喔"一声就转身。

他想，爱咋咋，我得找秀儿去。秀儿是他的同班同学，他一直暗恋着她。秀儿对他也有意思。

刚到她家大门口，迎头碰上了秀儿爹。他热情地上前打招呼："大爷，您吃啦？"

眼光却急猴猴地尽往大门里睃儿。

"噢，是光平啊，回来啦？"

"哎。"

"在外都干了些啥？"

"出力流汗呗。"他犹豫了一下，又解释道，"搞了点小买卖罢了。"

"就是经商吧，"他想不到，山村老头的口里还净出新名词，"经商不孬，可很多经商的都不是好玩艺儿，无商不奸。我说光平大侄子，人可要学好啊。你在外头坑三骗四的俺管不着，你可得讲点良心，不要回来坑咱这些本村人啊。"

他急红了脸，又不能生气："大爷，这都哪和哪啊？"

"你看你这身皮儿，哪像个正道庄户人样儿？"

他想，我懒得理你，得快找秀儿。这时，他看到秀儿翩若惊鸿的身影在屋门口一闪，就想往大门里走。

秀儿爹看穿了他的意图，一步跨入大门内，把门"吱悠"一声关上了，他的声音还从门缝里往外钻："我说大侄子，别干坏良心的事儿啊。"

他气得狠狠一跺脚，转身走了，第二天一早又回了城。

这次，长途汽车在站前一停，他就提着旅行包钻进了厕所。

不一会儿，就提着农村装化肥用的蛇皮袋子走出来，身上的高档羽绒服也变成了皱皱巴巴的对襟粗布棉袄，一副蔫儿巴唧的样子。

"大侄子，回来啦？"没想到的是，走进村里第一个碰到的竟是秀儿爹，秀儿爹仔细地瞅了他半天，"咋啦，大侄子？"

他一副有气无力的样子："今年我办的买卖砸了锅，赔净了。"

"唉，我说无商不奸吧，就这样。别心烦，不行就在家好好干，也一样的。"

"嗯。"他低眉顺眼，很恭敬地应答。

走进家门，爹知道儿子赚了钱，也高兴地合不拢嘴："这才像个庄户人家的孩子。"

"挣了5000多块钱，却弄成这个熊样，我这简直是活受罪。"他自言自语地嘟囔。

爹却不理他。

晚饭后，村里人络绎不绝地来到他家，对他进行实心实意地安慰，人们对他又亲密无间了。

他感到又好笑又可气。过了一会儿，他偷偷走出家门，想使自己的心绪平静一下。刚出村，竟碰到了日思夜想的秀儿："啊，秀儿，你怎么在这儿？"

秀儿笑笑，走过来，与他一起向前走去："刚吃了下午饭，俺爹就撵我来找你，说你干砸了，让我来劝劝你，让你想开些。"

"哪能！我这次实际上是赚了5000多块。"他苦笑中也透出自豪。

"那就好。"秀儿转身往回走去。

他又怔住了……

三张收条

爱琴这人脾气有点怪，也太要强，不管遇到什么难事儿，都默默地自己扛着。

厂里效益不好，爱琴下岗了。不长时间，丈夫又出了车祸，连命也搭上了。可肇事司机一直没找到。

接到独生女儿的大学录取通知后，爱琴就陷入了愁闷中，家里日子这么难，上哪里操持还差的 2000 元费用啊？从她记事起，遇到多大的困难也从不开口向人借钱，这一直是她做人处世的原则。这次实在没法了，她更沉默了。

已退了休的老厂长有时会向她投来关切的目光。

"梆梆梆！"这天，爱琴正在独自垂泪，传来了敲门声，"爱琴，你在家吗？"

她慌忙揉揉眼窝，平静一下，慢慢打开门："咦，是你啊，老厂长。"

老厂长慈眉善目的，正笑哈哈地站在门外："爱琴啊，我可以进去吗？"

"快请进，快里面坐吧。"爱琴热情地让他进了屋。

老厂长坐下，打量了一下四周，缓缓地说："爱琴啊，别光闷在家里，遇事儿想开点。"

爱琴点点头："嗯。"

老厂长又说："我今天来是这么回事儿，我以前在俺小孩买楼的时候借过您家 2000 块钱，由于怪困难，一直没还您，现在手里宽裕了，还给您。"说着，掏出一沓钱，递过来。

爱琴愣住了："没听孩子她爸说过啊。"丈夫有事总与她商量，这么大的事怎么自己不知道呢？

接着，爱琴坚决地说："不不不。"

老厂长宽厚地笑笑："不什么，借账还钱，理所当然，难道你嫌我还晚了？"

看爱琴无话说，他又说道："您家里出了这么大的事儿，由于我手头困难，没能及时还，太对不起啦，原谅我吧，爱琴。"

"真的？"爱琴好像还在梦中一样，懵懂着。

老厂长两手一摊："当然是真的，我还写了借条呢。我等等，你把借条找出来我撕了它。"

爱琴很为难，自己头一回听说这事，根本就没见过借条。前一段时间，清理丈夫的遗物，也没见过什么借条。现在，上哪里去找啊。

爱琴说："不行，等找到借条时，你再还吧。"

老厂长沉默了，不说话。过了一会儿，他想出了主意："这样吧，你写个收条，等找到我写的借条时，咱再换过来。"

看爱琴不知所措的样子，他又开玩笑地说："你可千万别找到借条时说我没还钱，拿着借条和我打官司就行。"

"怎么会呢？"爱琴终于露出了笑模样。

可是，老厂长走后，爱琴把家里的旮旮旯旯找了个遍，也没见借条的影子。

过了一段时间，爱琴家里又来了还钱的，这次是 800 元，是厂子里的一个男青年。

爱琴更疑惑了，自己的丈夫哪有这么多的闲钱往外借啊，她就问："你不是哄我吧？"

"我哄你干什么？我不就是还钱吗？"男青年很委屈的样子。

爱琴说："怎么证明你借过钱？"

男青年满不在乎："写的借条啊，您得给我找出来啊。"

爱琴说："家里没有借条。"

"那您先写个收条，别到时候再拿着借条和我打官司就行。"

爱琴一愣："你说话怎么和老厂长差不多。"

男青年眼中掠过一丝慌乱："说明人们法律意识普遍增强了呗。"

到了女儿第二年交学费的时候，爱琴的预感又变成了现实，果然真的有人又来还钱。这次是厂里的一个中年妇女，一进门就连声嚷嚷："爱琴啊，实在对不起了，借您家的钱这么长时间才来还，别生我的气啊。"

爱琴一头雾水："俺什么时候借出去的？我怎么不知道？"

她拉着爱琴的手："是俺孩子他爸向您家孩子爸借的，他说是一定让我要回当时写的借条，害怕以后出官司。你说说，现在的人，怎么都互相不信任呢。"

爱琴皱着眉头："我怎么就不大相信这是真的，你们是不是有什么事儿瞒着我？"

她一下子坐直了身子，松开拉着的手："你这什么话，快拿借条来吧，我得回去了。"

爱琴无力地摇摇头："没有，我找不到借条。"

过了一会儿，她又对爱琴说："不的话那你写个收条吧，反正我得拿回去个抓手儿交差。"

再后来，爱琴又重新上了岗，生活也逐渐见好了，也不再有人来还钱了。

又过了一年多，老厂长因病去世了。孩子们在整理父亲的抽屉时，发现里面有爱琴分别写给父亲和另外两人的三张收条。感到实在没有保留的价值，就顺手把它们扔掉了。

蓝鞋垫

秋风起了，天气逐渐凉下去。桂英大娘戴着老花镜，眼巴巴地在家里缝制鞋垫。她右手中指上的顶针一下一下地用着力，不一会儿，手中蓝色的鞋垫上就出现了白线缝成的美丽图案。

仔细端详一下，竟是一个个"正"字，靠得紧紧的，针脚很密实。这鞋垫，桂英大娘是给她儿子缝的。

"你这个昏种啊，你怎么就这么昏呢。"桂英大娘小声地嘟囔着，眼泪哗哗地流下来。

儿子是独生子，他爹死的早，桂英大娘省吃俭用的，拉扯着他长大、上学，后来在城里当上了局长。

儿子进城安家后，一直让她搬到城里住。总是去住几天，她就感到住不惯，又回到乡下。

不过，每次进城，她总是给儿子一家人都带几双自己缝制的鞋垫。鞋垫千篇一律，都是蓝底子白线针脚，一个个芝麻大小的白线针脚又组成一个个洁白的"正"字，非常精致。

"娘，这么大年纪了，别再做了。咱现在还缺什么？什么也不缺！"儿子神气地说着，走进里屋，拿出一大摞鞋垫，伸到娘的眼前，"有的是啊，这些我都用不了，你再弄这个做什么！上几次你拿来那些，都还没穿完！以后别做了。"

桂英大娘就看到了儿子手里那花花绿绿的鞋垫，很耀眼。

儿子两手翻弄了一阵，接着说："你看，这是真丝的，这是亚麻的，这是纯棉的，布料很好，透气舒适，图案也全是刺绣的，特别讲究，虽说不是手工的，但也是很有档次的。"

桂英大娘的心里一揪一揪的，身子就有点发虚。

儿子并没看出娘的心情，扔下手中那些精美的鞋垫，走到储藏室门口，推开门："你再看看，吃的、穿的、用的，咱缺什么？别自己在乡下了，让人不放心。来，难为不着你啊，娘。"

过去，儿子不是这样，桂英大娘每给他缝成一双鞋垫，他总是高兴地接过去，宝贝似的。

有时，儿子感到好奇："娘，怎么都一样啊？人家的鞋垫……"

娘就笑笑，打断他："人家的花花绿绿，人家的有字有画，是吧？"

他不好意思地笑了："娘手很巧的，怎么就会这一种？"

桂英大娘脸红了。听着儿子的恭维，心里甜丝丝的，但又有些不好意思。不过，接着就平静了神情："娘是乡下人，笨手笨脚的，只会做这种样式的。怎么，人大心大了，嫌娘做的不好了？"

他就赶紧声明道："哪里的事儿，娘做的是纯棉的，又是手工的，珍贵着呢。"

桂英大娘的心里就乐得开成了一朵花："咱不眼馋那些花花绿绿的东西，娘只盼着你能正正派派，平平安安的，就心满意足了。"

可是，自从儿子当上局长，桂英就发现儿子有了一些变化。现在，又看到儿子这种不自觉的张狂劲，她的脸色就变了，蜡黄蜡黄的。

她稳了稳神，冷冷地说："俺不来！你坐下，脱下鞋来。"

儿子看到娘的样子，有点害怕了："咋，娘？"

她不看儿子："坐下，脱鞋。"

儿子的眼光一直跟着母亲，身子慢慢地坐下去。

桂英拿起儿子的皮鞋，看看里面，然后伸进一只手去，掏出了里面的鞋垫。那鞋垫上有一对小鸟，周围还有一些花花绿绿的装饰。她把这鞋垫伸到儿子眼前，然后又用它指着儿子已放下的那摞鞋垫："这都是哪来的？"

儿子苦笑："别人送的。"

"不许要，不许穿！"桂英把它扔到了垃圾桶里，慢慢地把自己缝制的蓝底白字的鞋垫拿过来，给儿子垫到鞋里，"垫娘缝的鞋垫，正正派派地做人，别走歪路啊。"

儿子想，娘年纪大了，脾气变得古怪一些，不能和她一般见识，就连连点头："嗯嗯。"

从此以后，桂英隔一段时间就来儿子家一趟，仍拿来一双双鞋垫，逼着儿子脱鞋，只要一看儿子的鞋里垫的不是自己缝制的，就给抽出来，扔掉。

每当这种时候，儿子只有苦笑的份儿。

昨天，桂英大娘知道了，儿子已不当局长了，进去了。乍一听，她眼前一阵发黑，差一点倒在地上。然后，就一边流着泪，一边小声地嘟囔着儿子："你这个昏种啊，你怎么就这么昏呢。"

又熬了一个大半夜，桂英大娘终于做好了两双蓝鞋垫。第二天一大早，她就顶着凉凉的秋风上路了。她要到城里去，给儿子送鞋垫。风中，她的身影一飘一飘的，好似很薄很薄……

童年的月饼

　　月亮挂在氤氲着蔚蓝的天上，皎洁的月光洒在院子里，让人感到神清气爽。面前的小方桌上，摆着水果，还摆着一盘高档月饼。

　　我把目光从天空收回来，拿起一个月饼，轻轻地咬一口，在嘴里仔细地咂摸着，——它怎么就没有当年母亲做的月饼好吃呢！

　　那时候，我们住在沂蒙山深处的一个林场里，家中人口多，生活窘迫。夏天刚过去，我就盼着过中秋节。几乎天天问母亲："八月十五快到了吧?"

　　母亲的眼里掠过一丝忧伤："想吃月饼啦?"

　　我抿着嘴唇，使劲点头："嗯。"

　　母亲也好似下了决心："今年一定叫你们几个吃上月饼。"

　　我高高兴兴地跑出去，迅速地告诉了小伙伴们。

　　有的羡慕："真的?"

　　有的不信："这几年谁家能吃上月饼，你净瞎吹牛。"

　　我一点也不担忧，天天盼着中秋节的到来。

　　这天，母亲又让我把家里攒的 10 多个鸡蛋拿到代销部去："换一封火柴，余下的换成盐。"

　　这时，我突然对到时能否吃上月饼产生了怀疑，就小声说："还不如换成钱，到时候买月饼。"

　　母亲一下子怔住了，脸上现出难过的表情。我有点害怕，不敢说话了。过了半天，她以坚定的口吻说："听话，先去换这些东西吧，到八月十五保险叫你吃上月饼。"

　　时间一天天过去，家里整天清汤寡水的，月饼的事也没什么动静。我盼中秋节快来，又担心真来到后更让人失望。

家中的墙头上搭上了榆树皮，这是母亲从采伐的榆树枝上剥下来的。她已把外面的那层黑皮去掉了，只留下里头那层白白的，在那里精心地晒着。我并不在意这是干什么用的，我关心的是月饼问题。

到了星期天，母亲招呼我："今天别出去疯了，跟我去干点活。喏，拿着抓钩。"

我扛起抓钩，母亲用镢头背起一个用腊条编的三条系子的筐，我们娘俩向野外走去，一直走到一片茅草地。

母亲弓下腰，用力地刨着地。地，是黄土地，土茬子硬，用很多劲才刨出一小块地方。不大一会儿，母亲的脸上就汗涔涔的了，上衣后背也溻透了。她喘着粗气，把镢头一扔，疲惫地坐在镢把上："用抓钩把茅草根划拉出来。"

我使劲地用抓钩抓着，把茅草根拢在一起。然后母亲再刨，我再抓。我们娘俩用了一上午的时间，刨满了一大筐茅草根。母亲又领我到河边，把茅草根择干净，在水里洗了又洗，一条条茅草根就变得白生生、水灵灵的了。

母亲把它们切成段，晒在院子里。待晒干后，她又放在瓦片上用火慢慢焙干，到石碾上碾碎，用箩认真地过箩，粗的再碾压一次，最后就成了甜甜的细面了。

接着，母亲又把地瓜干和榆树皮一起放在碾盘上，抱起碾杆，一圈圈地转着，还不时地用苕帚往里扫着，最后也箩成碎面。

中秋节到来了，母亲先用水把掺着榆树皮的地瓜面和好，擀成薄皮，然后包上茅草根粉，做成月饼形状，先放在锅里蒸熟，出锅后凉透，再在平底锅里放上花生油用慢火仔细地煎烤，待皮子变成焦黄色，月饼就做成了。

望着天上的月亮，咬上一口母亲做的月饼，酥酥的，又香又甜，我终于吃上了月饼。

多年过去，日子变好了，母亲再也不用自己做月饼了。

可是，每到中秋，不管多么高档的月饼，我总吃不出好滋味。

——还是那年母亲做的月饼好吃啊！

村主任

"咱现在这个主任不行，光知道问咱要钱，不办事儿。""他是应付差事，上边叫他干什么他就吆喝什么。""这回可不能再选他了，得选个有本事的，能办事的。"……村委换届的时候，人们议论纷纷。还别说，选举结果出来后，真的就把他选掉了，村里的能人袁封明成了新主任。

袁封明当上主任后，和前任不太一样，停了自己的买卖，接着就在村委办公室办公了。

"大叔，你得给俺做主，孩他爸光跟我打仗，"本家的一个侄媳妇一边哭着一边就解裤带，"你看我这腚上，叫这个畜类给打的，都青了。"

眼看裤子真要脱下来，他赶紧摆手："别，别，别。行了，知道了，我处理。"

"俺要离婚。"侄媳妇话音未落，侄子也闯了进来："离就离，正好我也不想跟她过了。"

"今天我有别的事儿，明天再处理这事儿。你们先回去。"袁封明严肃地说，"就这么着，要是不听，我就不管了。听吧？"

两人看见他黑糊着脸，鸡啄米样点点头，蚊子似地应道："听。"

他拿起扩音器上的话筒"噗噗"地吹了吹："我说老少爷们，我讲个事儿。咱村里水渠毁了一年多了，地里一直浇不上水。征求了一下意见，不少的人愿意修，但不想花钱。也有一部分人说义务工和积累工超了，提留统筹接近收到百分之五了，再出工出钱弄就是加重农民负担，不愿意干。我跟你说，这些道理我比你还明白。但是，不弄地里就浇不上水，这是摆在眼前的事儿。有些户说自己这一片儿里没地，别的水利工程不就牵扯到你那片儿了？这事儿，你同意也得办，不同意也得办。你抓紧给我刷弄钱就行了。"

正讲着，村里的刺头二楞在门口里一伸头，他把机子一关："有什么事？"

二楞直橛橛地说："加重负担，我去告你。"

他把话筒"啪"地往桌上一摔："你敢！我可不是上届的主任了。我跟你说明白，你今下晚就得给我把钱交上。你不办也行，你闺女下月就结婚，我不给你开介绍信。请喝酒，干部一个不去，叫你能去！快家去拿钱，晚一霎儿也不行。"

打发走了他，乡里的钟书记就进了门："我在路上就听到你的讲话了。不过，不太合适啊。要讲原则，讲政策。办事情要量力而行。"

"这些话你们乡里的干部不能讲，这些事你们乡里的干部不能办。"他深深地叹了口气说，"村里太乱，要干的事太多，我不干怎么行？既唱丑又唱旦，连哄带吓唬呗。"

两人正拉呱着，二楞来了，把手往前一捣："喃，给钱。"

"上那屋交会计。"袁封明态度也好了，"咱自己的事儿得自己干啊，你说是不？"见他点了头，又说，"闺女那事儿，好办。"

二楞走后，钟书记笑笑："哟，你行啊。"

第二天天不明，他就拉起老婆来往外走："帮个忙。"气得老婆直骂："当这点村官当得神经了。"

走到要离婚的那家，他一边砸门一边喊："侄子，你们快起来，有事儿啊。"

门一开，他拉着老婆就进去了，见他俩都起来了，就走进里间屋，瞅了一眼，脸一黑："妈那巴子，离婚离婚，晚上都睡在一块儿。往后再不好好过日子，打仗，闹离婚，我不治出你们的黄子来。"

看他们脸红了，都低头不说话，他拉着老婆转身就走，就听身后说："俺不啦。"

快到家门口，就见一个人影在那里转悠，走近一看，是强子他妈，正冤屈着脸，眼泪就要掉下来。

"怎么，小两口又气你啦？"见她直点头，就接着说，"你等着，我这

就去理正他俩，我看他俩酸得还不轻来!"

又到了村委换届的时候，在他硬治着建起的冬暖式大棚前，晒太阳的村民又在议论，有的说："咱选这主任还行，就是粗点，话说回来，有些事儿不这样也办不了。""事儿是办了不少，可他是共产党的干部啊，这是什么工作作风?""叫他治着，这三年咱得多干多少活啊。""明天就又要选村委了，不知袁封明会得多少票?"……

在他们的议论中，太阳越升越高，越升越高。

茶 杯

干了一大早晨活儿，回到家里刚端起饭碗，狗就汪汪地叫起来，准是村里人又来找办事儿的。果然，老婆一边打着狗，一边陪着本家的一个叫大婶的女人进了屋："村长正吃饭呢?"

自己明明是村主任，可很多村民总叫村长，他也就只好胡乱地应着："是大婶啊，一块吃?"

说着，顺手拉过公文包来，把喝水的玻璃杯子拿出来，拧开了盖儿，却不往里倒水。

"这不，俺家里您大妹妹想登记结婚，想叫你给开个介绍信。"大婶一脸的笑容，瞅着他的眼光流露出的全是柔和。

他公事公办地问："到年龄了?"

"到了，到了。"大婶连忙说。

他端了端空杯，又放下："这事嘛，需要我们商量一下，你明天再来吧。"

她有点急："您大妹妹说明天回来，登上记想后天就回去，她打工那老板只准了一天假。"

"结婚关系到计划生育，是大事儿，我不能自己说了算，得商量!"他把茶杯的盖儿放在了杯口上，严肃地说。

"您快给商量啊，村长?"看到没有余地，她又嘱咐了一遍，才踽踽地走了。

第二天一早，她又来了，见大门紧紧锁着，只好找到地里："村长，您商量了吧?"

他不正面回答，用手撸撸头上脸上的汗："这会儿没空儿，回去等着。"

他又干了半天活儿，朝家走去，果然就在家门口看到了她的身影。

他放下工具，打开锁，推门进去。

她急忙把他干活的工具给提溜进来，放在院子里的墙角上，然后快步跟进屋里来。

他抓起毛巾，擦一把脸，点上一支烟，拉过板凳坐下："还是那个事儿？"

她忙点头："嗯嗯。"

他又顺手拉过公文包来，摸出茶杯，把盖子拧开，放在桌子上。

她快步趋向前来，提起暖水瓶，给他倒上开水。

他慢腾腾地拿起杯盖，扣在茶杯口上，然后起身，在屋里这儿那儿找了半天，找出一串钥匙来，打开抽屉，从抽屉里摸出公章，认认真真地给开了介绍信，又从头看了一遍，才递给她："告诉大妹妹，登上记就快来个信儿，好上报新婚，不能漏报，不的话要罚款，要处理的，嗯？"

"中中中。"她像鸡啄米一样，连连点头。

她一边往外走，一边关心地说："村长干一大早晨活儿了，够累了，快吃饭吧。"好像他给了多大照顾似的。

他坐在桌边，看她高兴地感激着离去，满意地端起茶杯，啜了一口茶水，一咽下，就感到浑身通泰，好似干活的疲劳全都跑光了。

正在陶醉着，老婆从另一块地里干完活也回来了，就问他："大婶来起介绍信，给办了？"

他问："怎么，有什么情况？"

老婆狠狠地戳他一指头："还什么情况呢，你呀，当了这么点芝麻官，怎么变成这样了呀？"

他把脸一跌蹉："胡说什么呢？"

"哟，不是吗？"老婆可不在乎他，"人家来找你办个事儿，你几时痛快一回来，动不动还商量商量着，你几时真商量过来？"

"你懂什么，这是村里的政治，在外头可不能胡说！"他教导完老婆，又关切地问道，"大婶说什么来？"

　　老婆笑道："你还别说，大婶高兴着呢，到处夸你呢，说什么'大侄子人家真是个村长的料，办公事真老巴，管什么事都商量着来。'"

　　他又教导起老婆来："村主任不是什么了不起的官儿，但我也是为政啊，得讲究为政的艺术啊。"

　　他端起茶杯，把里面的茶水倒到大碗里，把茶杯装到公文包里，端起碗两口喝下去。

　　这时，门外又传来汪汪的狗叫声……

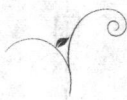

你不是乡长

西北风呼呼地刮着，天阴沉沉的，不时地飘下几个雪粒。大地变得更干净了，干净得让人脚下轻飘飘的。衣服穿得很厚，人却有一种变薄了的感觉。天冷得让人胳膊都短了，手怎么也伸不出来。

孟老汉正在黄瓜大棚里圪蹴着，怎么也不想站起来。棚内倒比外面气温高得多，但他胳膊挎在腰间，手仍笼在祆袖里，鼻子往上一翚一翚的。瞅着这棚里就是不长的黄瓜，他的眉宇间卧上了一个大大的疙瘩。过了季节，就卖不上好价钱了。

"棚里有人吗？"

塑料大棚门外，影影绰绰地立着一个人，隔着塑料薄膜看不清到底是谁。

孟老汉懒懒地走过去，敞开门，瞅了几眼，不认识："咋，干啥呢？"

那人双手抱在嘴上，哈着气，身边倒着一辆自行车。看到孟老汉，一头就拱进了大棚里，身后裹挟进一股凉气儿。架子上的黄瓜秧都颤了几颤，好似又缩了一大截儿。

老汉本没好心情，看到这人硬钻了进来，脸面就厚上了一层怒气：

"你这人，要咋的！随便抬脚就进人家的棚！"

那人把手从嘴上挪开一只，往脑后摸了摸："您老说的对，是有点冒促了。"

孟老汉横了他一眼，看得仔细了。年纪不大，顶多三十多岁。从脸面上看，很和善的一个小伙子。

"我是乡里来的。天不好，下来转转。"小伙子挺平静的，好像没看出老汉不高兴。

"乡里的？乡里干啥的？"

"乡政府的，"看看老汉那突然瞪亮的眼睛，他又轻声说道，"一个小乡长吧。"

老汉想，这样的天不在乡里好好待着，下来干什么，肯定是酒虫子爬出来了，到村里蹭酒喝的。唉，还小乡长吧，乡长有你这样的。你说说，乡长也不好好管管他的人，弄些瞎参谋、滥干事的，整天下来找酒喝，还冒充乡长。就又寒着脸，向外指了指，下了逐客令："转转，那就转去呗。"

来人好像没听见，这里瞅瞅，那里瞧瞧，转头对老汉说："大爷，你这瓜侍弄得不怎么好啊。再这样下去，错过季节，就卖不上好价啦。"

被说到痛处，他嘴上没吭声，心里说，这谁不明白，还用你在这里胡啰啰？

那人又指指黄瓜架，并顺手抹个叉去："第一年种棚吧？得加强管理啊。棚内气温太低，长得慢，添几个炉子吧，增增温。再就是肥也没跟上，肥力不足，得追遍肥了。你看这叶子上也要出斑点了，打点杀菌的药，就下去啦。"

听他说的在理，老孟心里亮堂了。着啊，这小伙子还是高人呐。脸上就渗出了笑意："你说的，中听。快坐下，咱拉呱拉呱。"

两人越说越近乎，对话中就笑声不断了。

一会儿，老汉又停住了。心里发了岔，这小伙子什么都好，就是冒充乡长不好。乡长俺又不是没见过，前一阵子还来过，不知陪着哪的人，从小车里钻出来，满风光的："老大爷，今年收成好吧？"当时我心里说收成怎样，你不很清楚吗？今年大旱，能不减产？正想着，乡长又说："不要小农经济嘛，要增加收入，要调整种植结构啊。要多种黄烟，搞成乡里的支柱产业。"俺思谋着，还种黄烟，重茬太多年了，种上就死，乡长不知道呀！

"大爷，你怎么不说了？"来人的话，使他的脑子又转了回来。

"嗨嗨，"他笑笑，"你要真是乡长就好啦。"

来人有些奇怪："怎么？"

"可为老百姓办好事啊。"接着，他又显出一副见过世面的样子："乡长哪有自己骑着车，到老百姓家的！乡长得开着小车，一来就钻到村里的干部家里。只有更大的官在场的时候，才摆摆样子，和俺们这些小百姓打个招呼。"

他心里一哆嗦，感到有点疼，他下意识地抚抚胸口，眼里一片茫然，缓缓地说："我真是乡长。"

老人还处在兴奋中，手都舞扎起来："俺敢打赌，你保证不是乡长。"

看他不说话，老汉又说："晌午了，跟我家走喝水去。俺弄个小菜，咱俩呕上一小气儿酒，暖和暖和去。"

他看看时候不短了，遂起身告辞。走到棚外，扶起自行车，转过头："我真是乡长。"

雪下大了，一片片在空中飞舞。

老汉冲他的背影嘟囔道："你哄谁啊！俺知道，你保准不是乡长！"

一辈子也不说

低 头

"你这孩子怎么啦，抬起头来！"父亲脾气暴躁，动辄就起高腔。

小芹努力往上抬头，可脖子就是软软的，好像颈椎骨被抽掉了，最终脸面还是与地面平行着。她抬起右手，摸了摸后脖颈，骨节分明，骨头还在啊。父亲气哼哼地走了，小芹的眼睛里湿漉漉的，眼下黄白色的地面模糊起来。

最近一段时间，小芹只要见了人，头就会低下，怎么也抬不起来。眼看就要去上大学了，她自己也急得不得了。

通知来了不久，家中来了一大群人，在乡村干部的陪同下，呼啦啦涌进了小院，扛摄像机的就有三个人，有一个当官模样的人在众人的围拥下，伸出手来和小芹的父亲使劲握着，身子斜斜的，眼睛转到摄像机的方向，扛摄像机的人马上往前一步，三个黑洞洞的机器发出冷冷的亮光，冷得在一边的小芹突然打了一个寒颤，哆嗦起来。当时一家人正在又喜又愁的，小芹考上了大学，可费用却还没有筹措够数。突然来了这么多人，一家人不明白是怎么回事。一会儿那当官的松开手，后退了几步。身边人员拿出一个大红纸包，快速递到他的手中。他慢慢地看了一眼，把红包翻转过来，让带着黑色字迹的一面对着众人。摄像的三个人小跑着变换着方向，摆着姿势。那人俩手捏着红包的两边，走到小芹父亲面前，对着愣愣的小芹父亲，又开始说话了，大意是说孩子考上了大学值得祝贺，上级知道你们家庭困难，在开展的助学活动中把你们列入了，今天来看望一下，同时捎过来2000元钱，以后有什么困难，多反映，我们会尽量帮着解决的，然后举起红包对着众人转了一圈，才交到小芹父亲手里。

小芹的父亲愣愣的，说不出话来，机械地拿着红包："这、这……"

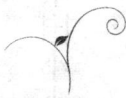

有人小声过来教着："还不赶快感谢领导！"

小芹父亲才反应过来的样子，脸憋得通红："感谢领导。"

三个话筒同时伸了过来，他吓得猛一哆嗦，红包掉在了地上。很多人的脸上露出了强忍不住的笑意，话筒被失望地抽了回去。

地上的红包显得更加刺眼了，小芹的父亲佝偻着腰，低下身子去捡拾。人们漠然地站着，眼光里面充满了怜悯。小芹尽管离这些交织的目光较远，但她还是感到了冷嗖嗖的刀子一样切割着她的心脏。

"大学生在哪里？我们采访一下大学生吧？让她谈谈今后怎么学习、怎么报效祖国就行了！"一个记者想出了这么个办法，另外两人点头表示同意。

在他们急速地搜寻中，人们的眼光都向小芹转了过来。小芹的脸腾地红了，身上出了一层汗。她猛然低下头去，快步向远处跑去，最后消失在了人们的视野里。

来人都有些失望，领导模样的人大度地摆摆手，人们安静下来，他向小芹父亲告别一声，人们就呼啦啦走出了大门。小芹父亲看到他们的十几辆大小不等的汽车一溜烟离去了，才长出了一口气。

小芹在远处目睹汽车离开，并看着村里的人围着父亲又说了半天话后陆陆续续散尽了，才悄悄地往家中走来。

路上偶尔碰到的人，都会看着她，眼光意味深长的。她感到那目光好像锋利的箭簇子似的，直往她的脸上射来。她的头慢慢低下去，与站立的身体在胸前构成了九十度的一个角。她走过去，背后就会响起喊喊喳喳的议论声，就像前不久才收割的小麦的麦芒随即对准了她的脊背。她保持着一个姿势快速往家中走去，对迎面来的人、车等均视而不见，不管不顾。

从这天后，只要在人前她就怎么也抬不起头来了。她很着急，总是使劲往上抬，可一点也不管用，脖子一动也不能动，再用力，先是胸膛挺了起来，接着腰直了起来，最后脚后跟也离开了地面，可是她的头还是没有抬起一点点来。

她的这个状况没敢和别人说，她想慢慢会好的，所以一有空闲就尽量去活动脖子，但是没有效果。后来父亲发现了，生气地让她抬起头来。几次后，父亲的暴躁脾气就爆发了，一见面就是这句话："你这孩子怎么啦，抬起头来！"

后来，她就这个样子上了大学，仍然是见了人头就低下了，直到跟前没人了的时候才能抬起来。好在她学习很刻苦，成绩一直名列前茅，奖学金在全校是最高的，所以也就没有人对她的毛病指手画脚说三道四了。后来，老师、同学也就见怪不怪了。

在学习的空隙里，她尽量多的抽时间去做钟点工挣点钱；假期也不回家，或做家教，或当保姆，也曾到建筑工地上干体力活。

一年后的暑假，她回到了村里，拿出一沓钱，神情严肃地告诉父亲："咱把那 2000 元还给人家去。"

父亲愣怔一会儿，点点头。父女俩人找到村干部，最后找到乡里、县里，费了很多口舌，受了很多白眼，终于才把这件事办妥了。

往回走的路上，父亲发现走在自己前头的小芹头抬起来了，他惊喜地看着女儿挺起来的后脖颈，眼睛有些潮湿。进村时，碰到了更多的人，他发现女儿身子也往上耸着，脖子挺得更直了。

其实父亲不知道，发现自己抬起头来了，走在前面的小芹早已泪流满面了。

家　长

"这样不就庸俗了吗？你们……"他对着老婆和孩子平端着两手，还向外一摆一摆的。

孩子不搭腔了，老婆却不算完："听听听，不就是一个老高中生嘛，又转文开了。你清高，你高尚，行了吧？可不都在这样搞吗？你不摆弄摆弄，怎么说得过去啊？"

想想也是，就下了狠心："办办办，准备准备，最近就办。"

说归说，真要办还就颇费斟酌，首先是手头不宽裕，老婆下岗，自己的单位只发百分之六十的工资，要养家糊口，要供备孩子上学，难着呢。

好歹凑足了 300 元钱，他来到孩子上学的学校，找到班主任老师："这个、我想和孩子的任课老师坐坐，瞅个空，咱们……"

"好好好，"班主任老师眼睛眯成一道缝，点着头，"咱上哪个大酒店？"

"我看这样，你牵头把老师们叫一叫，一定让他们都来，至于地点，你说……"他心里打鼓，怕钱不够，出洋相。但既然磕头跪炉子，就不大差最后一哆嗦了。

"咱别去太高档的，就金城吧，中等情况，还比较实惠，既然你把这事托付给我，那我就给按惯例办了。"班主任全揽过去了。

下午还不到下班时间，他就赶到酒店等着，还一次次到大厅门口看，恐怕来不多人，凑不成一桌。

等呼呼啦啦来了近 20 人，他一下子傻眼了。我的天，怎么会有这么多人，听孩子说教他的一共 7 个老师啊。可能牵头人看出了他的疑惑，就赶紧拉着他往服务台走，小声说："都这样，互相叫着。"又大声对服务员说，"哪个房间，两桌？"

等他们都坐下，他还在两桌之间来回串，班主任说："你也坐。"

两个桌前已坐得满满当当的，他实在坐不下，就说："我照应照应，就不坐了。各位老师，一定要放开，孩子多亏了你们啊，我感谢了。"

一片嘈杂的吃喝声把他的话淹没了，他感到了自己的多余，就退出门外。

走廊里时常有人去卫生间，服务员在穿梭着上菜，他杵在那里，很别扭，但又不能走开，硬着头皮熬，有时服务员一笑："先生还不进去？"

他只好点头："嗯。"

终于班主任出来找他了："我说，差不多了，结束吧，啊？按惯例，临走都是每人给带上条烟，咱再安排一下？这事我和服务员说，你结一下账就行了。"

好似和他商量，但牵头人没容他开口，就转身进去了。他只好赶紧跟进去，以便送客。

班主任大声叫："服务员，服务员。"

服务员快步赶过来："先生有什么吩咐？"

"抓紧，每人给上一条红塔山烟。"牵头人用手对着两张桌子一划拉，很大气。

他还在迷迷糊糊呢，一个好听的声音在耳边响起来："先生，请你去结一下账。"

他一看，房间里的人全部走光了，只有他自己傻站在这里，怪不得人家催结账。

"多少……钱啊？"他问得有气无力。

"一共是 3180 元，请你到服务台核对一下。"

他拖着酸软的腿，来到服务台："先记账行吧？"

"对不起，不行的，我们一概不赊欠，请你按时结账。"话语已变得有些冷冰冰的了。

"那……我用一下电话，叫人送钱来。"看服务台上的人流露出不高兴，他赶紧补充说，"放心，那个、话费我一块结。"

他开始哆嗦着手拨电话，把县城里的亲戚朋友通知了一遍，让他们抓紧送钱过来。

"出了什么事?"接电话的人都很着急，"你是不是被绑架了?"

他很生气，但又不好发火，只能耐心解释："我欠酒店一点钱，支上就行了。"

他在大厅里焦急地等人，服务员时常就翻眼皮盯他一眼。尽管是夏天，他感到身上有种冷嗖嗖的感觉。他先是奇怪这是怎么一回事儿，接着就释然了。忙了一整天，两顿饭没吃了，这不是正常现象嘛。一想到这里，他的肚子也不争气地咕噜起来。

"先生，时候不早了，请抓紧呢。"服务员不时就过来催一声。

好似过了很长时间，他才陆续等来人，终于把账结了。

他好似浑身散了架，转身坐到了大厅里的沙发上，再也站不起来，人们催他："行了，走吧?"

"不，"他坚决地说，"我牵头把你们叫来了，我得请请你们。"

"什么时候了，我们都早吃饭了。"人们开始走散了。

他只好站起来，跟跟跄跄地往外走。

在大街上，他迎面碰到了来找自己的老婆和孩子："怎么到了这么时候?"

他没有接这个话茬，只是小声告诉他们："我说，下次再请他们，一定多准备钱，别太寒伧了。"

老婆和孩子都怔住了。

大街上行人已经很少了，只是路灯在明明地晃着人眼，他觉得好似来往的车灯似的，都在晃，都在晃……

去学校看儿子

他停下脚步,张着嘴,大口地喘着气,拍拍酸麻的右腿,肌肉好似就放松了下来,疲累感有所缓解了。学校的大门仍紧紧地关闭着,但西边的校门敞开着,不时有人断续地随意进出着。他这是第多少次来这里了也记不清了,前几次来门卫对出入人员严格检查,他根本就没有进去过。这次看来能进去了,他脸上浮起了一层厚厚的笑意。

隔着一条公路,他眼光柔柔地看进学校的大门里,迎面是一座高高的楼房,装饰得很有气派。楼前矗立着一根笔直的旗杆,他使劲抬抬头,反射回来的阳光刺目,他的眼泪就要流出来了,但他看清楚了,上头是迎风飘扬的一面旗子。

他从乡下到县城里打工两年了。儿子上高中了,花费越来越大,他就把土地撂给老婆种,自己来城里打工。由于右边一条腿有残疾,走路一瘸一拐的,也干不了什么挣大钱的活。他就在一家制作烧鸡的家庭作坊里洗鸡,一天要工作十多个小时,干下来总是腰酸背疼的。但看到主家管吃管住,还每月发他一千元工资,他就干得津津有味。

儿子在县城这所高中上学,他打工的地方在县城南,儿子上学的学校在城北,相距4公里。

这个学校也是他过去一心想上的学校,这学校教学质量好,是一所名校。可由于自己瘸着一条腿,又加上生活困难,在乡下上完初中他就没机会再上学了,这所学校的大门他没能迈进。

儿子考上后,他满怀喜悦想送儿子入校,借此机会也顺便看看自己一心想上但没能跨入大门的这所学校。儿子皱着眉头,盯着他的右腿看了半天。他的心一颤,脖颈一软,眼光也落了下去,残疾的右腿一阵疼挛。儿

子有些惭愧，但还是坚决地摇了摇头："不用，我自己去就是。"他知道，儿子是为他的瘸腿感到羞愧，不想让自己的同学知道自己有一个腿部有残疾的父亲。

两年了，尽管父子俩同在一座县城里，相距也不远，但他们从来没有在学校附近见过面，需要钱了儿子会来城南找他要，但绝对不同意他过去送。他想儿子了，也只能忍着。但他想到学校看看的念头始终没有断过，他想哪怕隔着窗子看一眼也就心满意足了。

有几次，他忍不住了，也曾偷偷地跑来过，他舍不得打车，迈着有残疾的腿，用了接近两个小时才来到大门口，可看大门的门卫拦住了他："请问，您有什么事吗？""我，我……"他担心给儿子丢脸，就趔趔趄趄地往一边退去，但眼光却急吼吼地盯着校园里面。门卫看他不像坏人，就又提醒说："按规定星期六可以来看学生，平时有事和班主任联系好也可以让班主任领进去。"他使劲点点头，一步三回头地往回走，那不舍之情流露得十分充分。

这次是节日放了假，他知道儿子已经回乡下的家里了。而他打工的主家也因供货有点问题放了他半天假，他就又打算去看儿子的学校了。他和主家说："就是儿子不在那里，我去看看也就满足了，看看儿子的座位、课桌、教室，就行了。"主家很理解，告诉他："你要目不斜视，大模大样儿地进大门，门卫一般就不会过问了，特别是放假的时候，他们认为进出的都是学校的老师，老师太多了，他们也不是都能认得。"

他知道主家说的有道理，这次就在学校大门口的路对过先停下来，待休息过来后，就大步跨过路去，步子尽量迈得稳健一些，让外人对他的残疾别看太清楚。来到大门西侧敞着的侧门时，他没有转头，而是毫不迟疑地跨了进去，同时用眼睛的余光扫视了一眼，门卫室里有一人正对着电视入迷了，见自己没有遭遇阻拦，他赶紧向右转去，走出门卫的视线范围，长长地吐出一口气，浑身才放松下来。一松弛下来，他的腿又明显地拐起来，他感到还是这样舒服，也就不管它了。

他的眼睛忙不迭地四下里看，贪婪地喜爱着，心脏的跳动加快了很多，这就是我想上的学校，这就是儿子正在上着的学校，嘴里忍不住嘟囔起来："高二，36 班，高二，36 班，你在哪里啊？"楼房一座座矗立着，他逐一地看着，办公楼过去了，实验楼过去了，多功能厅过去了，图书馆过去了，"到底在哪里啊？"

他在乡下上学时都是平房，门口上方钉着一个牌子，要找哪个班大老远就能看到。可这里走到教学楼门口才能看到一楼的教室门口挂着的牌子，他一看是高三的，但他怕错过，就一层层看上去，到了顶层仍然是高三的教室。他只好又下来，就光去找高二的教室了，但他把高二的一座教学楼又挨着走了一遍，还是没有找到 36 班。他眉头一皱，想了想，肯定还有一座高二教学楼的，就又耐心地寻找起来。

当"高中二年级 36 班"的牌子终于进入眼帘时，他感到喉头一热，眼睛有些湿润，控制不住自己地跟跟跄跄跑过去，身子紧紧地贴在了门上，门都让他顶得颤了几颤，鼻子扁扁地顶在玻璃上，凉凉的，麻麻的，他知道自己贴得太近了，但就是舍不得离开一些。黑板、电视机、讲桌、课桌、座位、墙报，一一看过去。"儿子在哪个座位上呢？这个？不。那个？不……"他把每一个座位逐一设想了一遍，最终当然还是弄不清楚儿子的具体位置。"时常会调整座次的，儿子在哪个座位上都是对的。"想到这里，他偷偷地笑了。

他往学校门外走的时候，觉得腰杆挺得更直了，步子走得稳稳当当，楼上楼下这一番折腾反而并没有感到疲劳，直到出了大门，他才转回身来，充满豪气地对着门卫室摆了摆手，门卫室的人疑惑地看了他一眼，又转头忙自己的事去了……

母亲，母亲

我不时抬眼看母亲一眼，嘴唇几次嚅动，但就是张不开口，说不出想说的那些话来，但不说出来又总是提心吊胆的，也很难安稳下来。母亲转过身来，看我坐卧不安的，就疑惑地盯着我看了一会儿，然后大大咧咧地说："你得瑟什么，还不赶紧睡觉，明天得早起上学啊。放心吧，我送你去上学。"我的头顶上不啻突然响起一声炸雷，头发梢"啪啪"响着，好像着了火一样。我彻底晕了菜，过了半天才回过神来："别别别，我自己去就行，不用不用，这么大了你再去送我，不是寒碜我啊。"

第二天就要到镇里上初中了，在这前一夜，我就想嘱咐母亲几句话，可我还没说出来，她倒来了这个，我不晕才怪呢。

母亲转过头来，认真地看着我。我好似被她的眼光穿透了一般，脸上火辣辣的，有些羞愧地低下头去。母亲转转右眼珠，恍然大悟的样子："娘的，你、你是怕我去丢了你的脸啊。你娘就这个样了，有什么办法！我都不感到丢脸你他娘的倒酸歪起来了！什么时候我都是你的娘，命定了的你有什么办法。"

"不，不，不……"我的声音小下去，也不知想表达的意思是什么。不过说句心里话，我真的怕母亲到镇中学去，我一直忐忑着就是想和她说说，以后不要到我上学的学校去，有事我回来就是。

在村小学里，我们二十几个同学在一个班里，由于从小生活在一起，相互知根知底，他们对我的母亲没有什么惊奇的。所以，我们同学都能平安相处。可到镇中学后，大多是新同学。他们若知道我母亲的情况，我会感到抬不起头来的。再说了，自己的隐私何必展现给别人让人作为话题呢。

"为什么不?"母亲犀利的眼光直直地戳向我,我感到脸部皮肤上承受了很硬的压力,生疼。

我的身子不由地畏缩了一下:"我自己去就是,还用你送啊!"

"哼哼,算了算了,再说吧,还不就是嫌我丢你的脸!"母亲转身忙自己的去了,我才松了一口气。

第二天清晨,我早早地起了床,背着书包向镇中学去报到了。初秋的天空非常晴朗,澄明高远。空中吹来阵阵清新的空气,饱含着成熟庄稼的浓郁气息。母亲只要今天不到学校来,我就放心了。要说的话容我以后和她好好说一说,她尽管脾气倔强兴许能听进去的。

到了镇中门口,我回头看去,没见母亲的身影,于是就放心地进了校园。办好报到手续,找到自己的教室,坐了进去。很多新同学来得更早,大半是在我前头到的。我进来后,还有些同学陆续走进来。刚到来,什么都找不上头绪,所以大多同学都在教室里安静地等着老师。

班主任还在忙着新生入校的有关事项,等待后到的同学报到。教室里嗡嗡嘤嘤,声音此起彼伏,我们在互相认识着,交流着。不经意间,我们眼前突然暗了一下,有个人影站在了讲台上。教室里一下子安静下来,全班几乎同时都抬起了眼睛。天哪,竟然是我的母亲在讲台上稳稳地站着,她手里拿起讲桌上的教杆,轻轻往桌子上一敲。这一下,好像就把我的颈项敲断了,我要死的心情都有了。别的同学都认真地看着她,以为老师来上课了。

"孩子们,我不是老师哈。"母亲笑了笑,解释着,接着用教杆指了指我,"我是你们的同学边玲玲的妈妈!"尽管离得很远,但我的头皮好像被她戳中了,生疼生疼的,眼前一阵发黑,感觉陷入了万丈深渊。

同学们谁也不说话,教室里很安静。母亲接着说道:"你们都看到了,我的左眼眼珠没有了,是一次大病让我失去了它,从此就给我留下了这个缺憾。今天我本来是要送我的闺女边玲玲来上学的,可是她不太情愿。我很理解自己的闺女,她怕同学们看到我一只眼睛有毛病,会议论纷纷,甚至会笑话她,并以此瞧不起她。"

我担心同学们会转过头来看我,可他们全被母亲吸引过去了,都在认

真地听着，根本没人顾及我。

母亲两手捏着教杆两头，很自然地在胸前横着，好像托着一件很沉重的东西似的，她环视了一圈教室，沉稳地继续说着："我来得晚了一些，但我还是来了。我也爱美，我当然希望有一双美丽明亮的眼睛。可是人有旦夕祸福啊。眼睛出毛病后，我很难过，但我得面对命运的安排，所以我就克服了自卑，好好生活了下来。家家有本难念的经。其实我们好好想一想，谁家没有一件两件的糟心事儿啊。"

我慢慢抬起了头来，脸上不烧了。

母亲笑了笑；"缺陷，如果能掩饰就掩饰，要是掩饰不了，还不如趁早让人知道，别人就没有什么好奇的了，正视它不就没什么了。"

母亲讲完，同学们热情地鼓起掌来。在同学们的掌声里，母亲对着我，自自然然地："闺女，我回去了。"

然后对着同学们摆摆手，洒脱地走出了教室。

后来上高中、上大学，我都主动要求母亲去送我，我会主动把母亲领到教室里，向同学们作介绍。参加工作后，母亲也是常来看我，我会挽着母亲的手臂四处走走。周围的人从没有因此瞧不起我。

母亲对待缺陷的方式，使我受到很大启发。从初中那次以后，在生活中对自己的不足之处从不试图隐瞒，并尽早让别人知道，结果反而度过了很多关口。倒是其他一些人，为了隐瞒一点小小缺陷，活得很累很累……

追

　　大妮是塘子村人，共产党来了，村里妇女也能出头露面了，她积极参加识字班，并成了积极分子。打孟良崮的时候，她不顾村里的劝阻，和一个小姐妹跑去抬担架，结果出了事。

　　那天，她俩跟着村里的担架队，到了芦山下，就抬上了一个女伤员，但得送到野竹旺那边的战地医院去，她俩随着另外三副担架一起往东北方向走去。

　　都是一个村里的，那三副担架都是男人抬的，他们有些看不起她们，一开始就奚落道："这可是接近三十里路呀，你们别半路上累趴了窝啊。""鱼小串了串儿上了，你们可得跟上趟儿啊。"

　　大妮是一个嘴头子上不饶人的厉害角色，立即还击说："把心放肚子里吧，趴窝的别是你们呀。"

　　天气已经回暖了，风吹到脸上，让人有一种被柔软的大手抚摸着的感觉。路边上，麦子早已长全了身量，就等着成熟了。地堰上、野坡里，各种花儿坚强地昂起了并不丰满的小脸，发出轻声的微笑。

　　"看呀，迎春花还开呀。"大妮惊奇的声音引来男人们不屑的耻笑声，她也毫不在乎，一会儿又高声大嗓起来，"哎呀，这埝儿里甜酒根花这么多耶，真想喝那花里的甜水。"

　　担架上的女伤员也醒转了过来，尽力地抬起头来，问大妮："妹子，我真想采一朵戴到头上。"

　　"等歇着的时候，我去给你采来最好看的戴，保准你喜欢。"大妮庄重地说。

　　在艾山东休息时，大妮顾不得喝口水就真跑去给她采花了，采来一把鲜艳粉红的石竹花，放在女伤员的头边。

女伤员艰难地拿过花来，嗅了嗅，嘴角一咧笑了，小心地从衣兜里掏出一个小手巾，慢慢地打开，郑重地拿出里面包着的唯一的一条扎头发的红绢条，把这些花儿仔细地系了起来。

"我还以为什么宝贝呢，就这么一块小红布呀，值当的这么包着啊？"大妮不理解，心直口快地说。

女伤员羞涩地笑笑，脸上布满了红晕，过了半天，才不好意思地小声说道："是……是……他送的。"

大妮心里一震，随即问道："你是媳妇了呀？"

"不，我们还没结婚，说好了等打完仗，安定下来了再结。"女伤员自己忍不住突然笑了笑，接着不好意思地说，"这是他送我的生日礼物，说是用这红布条来拴住我，不要叫我跑了。"

大妮疑问："怕你跑了？"

"开玩笑呗，说让我永远跟着他，更主要的是说拴住我别让我牺牲了呀。"女伤员提起这个来，一脸的满足和幸福。

上路后，她们还在叽叽咕咕说呀，笑呀。有一个男人又熊她们了："行了大妮，合了你的嘴吧！女的事儿就是多，真是老鸹嘴。"

四下里，枪炮声远远近近地响着，这些年的战争，已让他们习以为常了，嘴官司不停地打着，倒没怎么感觉到累，日头略偏西的时候，已经到了卧牛山附近。

突然，远处传来"嗡嗡嗡"的声音，原来是几架飞机正向这边飞来，他们立即把担架放下，分头掩蔽好。不一会儿，飞机就在头顶上转悠起来了。他们都非常有经验，趴在那里一动不动，等飞机远去。

恰在这时，一阵旋风猛然间刮了起来，带着尘土，带着干树叶，快速旋转着向前移动着，越来越猛，越来越大，快速地向放置担架的地方刮去。大妮抬起头来，不放心地观察着所抬担架的情况。真是担心什么就有什么，旋风好似故意与大妮作对，竟然就是强劲地掠过了那女伤员躺着的担架，旋风就像长着手一样，恰恰抓起了那束石竹花，向前跑去。只见石竹花束忽上忽下，先在地面上蹦着、跳着，逐渐开始离开地面，要飞起来了。粉红的石竹花好似晕了头，自己不服自己指使了，随风飞着，眼看越来越远了。那拴着的红布条，显得分外刺目。大妮猛地从地上跃起来，快速向那边跑去。

"回来，找死呀！"男人们急了，大声吆喝起来。

大妮好像根本没有听到，两腿快速地摆动着，向那点红颜色追去。头上的飞机突然发现了目标，开始向下俯冲。

"趴下，快趴下！"男人们急坏了。

大妮越跑越快，终于追上并一把抓住了那束带红绢条的石竹花，顺势趴在了地上，把花紧紧地藏在胸前。

已来到低空的飞机也同时扫射出了一梭子子弹，大妮身边尘土飞扬。

飞机远去了，正在人们担心的时候，大妮摇摇晃晃地站了起来，手里攥着已经压瘪的那束石竹花，满脸血污的脸上还在笑着，人们跑上前来，发现还算幸运，她只是失去了右耳朵。撕下衣服上的一块布，简单包扎一下，她又走去抬担架了。来到担架前，她把已经失去本来面目的石竹花扔在地上，小心地用手抻了抻那块红布条，递给女伤员。女伤员满眼泪花，哽咽着说："好妹妹，不值得啊。"大妮抿着嘴唇，郑重地说："值得，怎么不值得！"

过后，大妮不仅没有评上任何功，还受到了严厉批评。

后来找婆家，很多人家嫌她没有右耳朵而拒绝她，最后找了一个瘸腿的男人才嫁了。

磕　头

大年三十的下午，村子里响起了此起彼伏的鞭炮声，晚饭后张经武又信步在村中转悠起来。

从延安到达岸堤时是 11 月份，张经武是参加过长征的，很善于做群众工作，一有空，马上就和当地的群众拉呱起来，很快就适应了沂蒙山区的工作，可谓如鱼得水。今天过年了，他也闲不住，工作了一天，他想趁除夕夜看看当地的风俗习惯，顺便也多接触一下普通老百姓。

天，上黑影了，街道和巷子里，时常有几个孩子跑来跑去的，大人们也三个一群五个一伙地走着。他走到大地主刘家的门口，看到里面张灯结彩的，院子里有很多人，穿梭着，忙碌着。边上不远处的很多低矮的草房里，却没有这种热闹。他想这就是穷百姓和地主的区别了。于是，他转身走进了一个黄土墙的小院落。屋子里一豆微弱的灯光，主人一家正要出门的样子。他在门外就招呼道："老乡，过年好啊。"

"啊？啊，是工作同志啊。"省委和干校来岸堤几个月了，张经武来的晚一些，可很多老百姓也都感到面熟，知道是共产党的人。

"晚上还出去？"张经武微笑着，就不打算进门了。

主人很热情："快，进来喝水。"

"不了，我也是随意转转，有事儿忙去吧，我再到别处走走。"

主人有些不好意思的样子："工作同志不讲究，可俺这里年五更有个风俗，请家堂，这不得去给祖宗磕头啊！"

他明白了，赶紧说："哦，应该应该，快去吧。"一边和这家人向外走，一边又问道，"请家堂？怎么个样子啊？你给我说一说好吗？"

"就是请祖宗，年三十下午放鞭请回来，初一下午送走。一支的本家，每年轮流着在家里挂出家堂轴子，上面画着祖宗像，供上供品，都去磕头。"老乡解释着。

张经武明白了，就问："我想看一看这个仪式，我和你一块去行不行?"

老乡一家都笑了："当然可以，可一般外人没有去的。"

张经武不明白，疑惑道："怎么?"

"供桌前铺着一块垫子，只要进了门就得跪下磕头。不是自己的祖宗，谁想给人家的祖宗磕头啊。"老乡解释说。

"噢——"张经武闭了闭嘴唇，使劲点了点头，又问道，"去不会给主家造成什么麻烦吧?"

老乡赶紧笑着说："不会不会，都很喜的。外人有去的，说明这个家族人缘好，越多越好啊。"

张经武想这不也是联系群众的一个好的途径吗，再说了，已经去世的一代一代先人，当然应该尊重，就说："那，我去。"

"真的?"老乡似乎还不相信。

张经武认真地说："老哥，我不会磕头啊，进门后你先磕头，我在后面看一下，然后再磕。"

说着说着，他们就到了请家堂的地方了，只见院子里也比较明亮，主要是这家的院子比较大，东屋西屋里也点着油灯，堂屋前的磨盘上竖着翠绿枝叶的竹子，家堂帐子里家堂轴子挂得端端正正，陆陆续续来的他们本家人都自动走上前去，在供桌前的垫子上恭敬地双膝跪下，按照一步步的程序奠酒、破供、磕头。

"来啦。"人们热情地招呼着，同时也对张经武的到来有些惊奇。

一起来的老乡赶忙解释说："南庙的工作同志也要来磕头。"

省委和干校来后一直住在村南的庙里，岸堤老百姓都习惯这样称他们。听这么一说，在场的人都肃然起敬，全都站立了起来："哎呀，这还了得，这还了得!"

张经武真心地说道："我们这些工作同志也都和大家一样，普普通通，有父有母，也是祖宗一代代传下来的，已经去世的先人是一代代的长辈，

后人敬仰他们，供奉他们，不忘记他们，是不忘本的表现。所以，我既然来了，就给历代长辈磕个头吧。"

人们仔细地听着，在还没完全反应过来的时候，张经武已经来到了供桌前，态度虔诚，一脸严肃，学着刚才人们的样子，跪到垫子上，拿起酒壶，把杯子里倒上酒，端起杯子，把酒慢慢浇到家堂轴子前，然后拿起筷子，挨样夹起供品，奠到供桌后面地上，接着双手撑地，弓腰，低头，以额头触向地面，连着磕了三个头。

整个过程中，周围的空气好似凝固了，人们屏着呼吸，一动不动地站在那里，眼光随着他的动作移动着。当他站立起来的时候，人们都看到了他额头上粘的那层尘土，心里颤动着，一下子感到与他距离更近了。

春节过后，这个家族有不少人跟着队伍走了，也有一些进干校学习后被派到各地去，成了岸堤参加革命最多的一个家族。

后来，进西藏时，毛泽东亲自点名，让张经武去，并说他很善于尊重群众的风俗，肯定胜任西藏的工作，举例子说的就是这年春节他在沂蒙山区的岸堤时在请家堂的老百姓家磕头的事儿。

手 势

天气寒冷得好似把太阳也冻成了一块浑浊的灰蒙蒙的冰坨，冷冷地挂在天上，眼看就要沉沉地坠落到西山下。日本鬼子对沂蒙山区的扫荡特别疯狂，陈光和一一五师一部灵活地穿插着、战斗着，在十天里已经打了7仗。这天下午他们迅速出现在日本人的一处据点前，展开了攻击。日本人一直处于攻势，认为把沂蒙山区的抗日军队和山东分局包围在了高湖到张庄不到40公里见方的范围内了，所以并无多少准备，陈光他们没费多大事儿就打进了据点。

日本人全部死了，只有一个穿和服的日本女人躺在地上呻吟着，刚冲进来的几个战士的枪口同时对准了她，马上就要勾动扳机。

正在此时，陈光走了进来，大喊一声："慢！"

战士们的枪口一动不动地指着日本女人，疑惑的眼光参差地转向他。陈光慢慢走近，只见这个女人腹部高高地鼓胀着，下身正流着血，已经浸透了衣服。

他对一个随行的女卫生员说："看看是怎么回事？"

然后对战士们说："男人们都——向后转！"

战士们大多慢腾腾地转身，陈光笑道："哈，敌人都死了，就这么个女人，大家不用太紧张了。"

过了一会儿，卫生员走过来报告说："这个女人没受伤，是临产了，马上要生孩子了，怎么办？"

"抬上她，一起走，行不行？"陈光问道。

卫生员轻轻地摇头："论说绝对不行，要在路上生了，不好处理，于孕妇的身体非常不利，受风受凉的。"

有的战士已经回过头来："首长，他们日本人正在对我们拼命地扫荡，还抬她，还让她生小日本鬼子？叫我说，一枪崩了她！"

更多的战士义愤填膺了："他们杀害了咱们的多少女同胞啊。"

陈光的喉结上下使劲地滚动着，有些哽咽地说："咱们，能和他们比？"场面静了下来，他眉头紧锁着，过了一会儿舒展开了，安排道，"大家占据有利位置，防备再有日本鬼子过来，只要过来，就狠狠地打！"然后告诉卫生员，"准备接生吧。"

"是！"卫生员快速去准备了。

日本女人的呻吟声时大时小，卫生员的声音不时传来："哎呀，你使劲呀，使劲，使劲。别紧张，使劲。"

过了半天，卫生员着急地喊道："首长，她不懂我说的话，又加上紧张，生不出来呀，这可怎么办？"

陈光也非常着急，他知道部队必须在尽量短的时间里撤出，每拖下去一点时间，就增加一分危险。他想起了妻子史瑞楚无意中说的在前几个月生儿子东海时的情形，就背对着卫生员说："你做手势，这样——"他抬起两手，在自己胸前从左到右地比画着，"从上到下，从肚子往下比量比量，试试她能明白不？"

"从上到下，使劲。"女卫生员一边说着一边比画起来。几次后，日本女人的呻吟声变小了，里面夹杂着响起了用力的声音。

陈光的神情变得稍轻松了一些。他看了看战士们，都占据在有利的位置上，认真地注视着外面的动静。周围一片安静，短时间里日本人是不会过来的，他才放心了。他在据点里转悠起来，寻找着什么。战士们早打扫了战场，战利品已经归类，只等撤出了。但他总感到不太对头，这个日本女人要生孩子，肯定是有准备的，怎么会没有和生孩子有关的战利品呢？他继续耐心寻找着，终于在一个墙角上，发现了一包破裂的草纸，破碎处透着褐色。他大步奔过去，拿起一看，果真是红糖。他知道是打扫战场的战士不认识才丢弃的，他又找来几张纸，仔细地包起来。

"哇——哇——"随着卫生员声音的逐渐变小，一个小生命来到了人世间。

　　陈光终于长长地出了一口气，在卫生员拾掇好以后，陈光把那包红糖递过去："给她留着。"

　　卫生员犹豫了一下，小声说道："史大姐坐月子也没能吃上红糖，这……"

　　"你这小鬼。"陈光的眼睛里掠过一痕轻微的湿意，意识到以后，他马上转过脸去。

　　两个战士抬着产妇和孩子，他们快速地走在转移的路上。哇——哇——，婴儿的哭声飘荡在沂蒙山区刺骨的寒风里。陈光时常走上前去，给掖一下被角，然后又不自觉地两手在身前从左到右地比画一下，比画一下，他又忍不住无声地笑了……

洗

夕阳已经落山了，郭洪涛急急火火地向门外走去，通讯员快速地跟上去，不一会儿他们就到了村后，两间低矮的草房出现在眼前。郭洪涛叫了一声："大爷，吃了饭了？"郭洪涛来沂蒙山区时间不长，却早已学会了这里最常用的打招呼语。

"吃了吃了，同志又来啦？快进来坐。"热情的声音从床上传出来，屋子里已经暗了起来，但由于里面一点起遮挡作用的家具都没有，从门外就能把床铺看在眼里。

"怎么吃的？儿子回来过了？"说着，他已经来到了床前。

"别熏着你，我这没个好味。你到门口坐。"大爷把头转了转，示意门口有个座位。

看到屋子太小，转不开身，通讯员就站在了门外。

郭洪涛平静地站在那里，并没有坐。屋子里味道确实不好闻，浓重的尿骚气直冲入鼻孔。郭洪涛从延安来山东担任省委书记后多次住在这个名叫牛王庙的村子里，他一有空就到农户里去转转，认识了这位瘫痪在床的孟大爷。每次经过或落脚在牛王庙村，只要有空他总是来帮他干点活，早已经成了熟人了。当然孟大爷并不知道他是省委书记，只知道是个干部。

孟大爷老伴去世多年，只有一个光棍儿子，在外村给地主扛活，有时几天不回来，只能抽空回来给他弄些饭，洗刷问题就更难了。知道孟大爷生活非常不方便，郭洪涛让村里的干部尽量予以照顾。

郭洪涛知道毕竟外人有照顾不到的时候，自己就也尽量来帮他一下。明天他就要走了，回延安参加七大，所以想来再帮帮孟大爷，于是就直奔主题了。他从墙角的一个破凳子上拿过来一床多处露着破棉絮的褥子，准备给他换上。通讯员也快步走了进来准备打下手。孟大爷明白了他们的意思，赶紧说："可不能再这样了，一次次的，那还行？"

"我们明天一早又要走了，瞅这点空帮你洗巴洗巴。"说着，他与通讯员慢慢翻转着孟大爷的身子，用身下的褥子轻轻擦着老人身上的屎尿，一阵阵浓重的气味直往鼻孔钻，通讯员忍不住皱了皱眉头，而郭洪涛却毫不在意，一边小心地擦拭着，一边与孟大爷拉着呱，"我父亲也是陕西米脂的一个农民，咱们都是一样的穷苦人啊，"擦干净后，郭洪涛轻轻地为他铺平刚拿过来的褥子，与通讯员一起轻轻把孟大爷放平，让他躺好，"我们去王家河，很快就会回来的。"

通讯员还没站直的时候，郭洪涛已经抱起褥子快速向外走去。他们来到村西的王家河边时，天更加暗了，眼看就要黑下来。沂蒙山区十月的傍晚，已经有很浓重的凉意，风从水面上迎头吹来，郭洪涛忍不住打了一个寒战。河水显得有些暗淡，水面上一道道波纹好似老人满脸的皱纹。王家河在这一段是向南流的，河水哗哗地簇拥着向前奔去。郭洪涛轻车熟路地来到一块石头坡前，把褥子小心地浸到水里，先让被孟大爷弄脏了的地方朝向水里，他不时地用手调整着角度，让流水冲刷着。通讯员找来一根棍子，轻轻刮着脏污的地方。过了一会儿，附在褥子上的污浊物是没有了，可污渍却仍然在，郭洪涛笑笑："不管干什么，不亲自动手是很难干彻底的啊。"说着，两只手攥起有污渍的地方，来回搓动起来。通讯员也赶紧抓起一片来，使劲搓着。他们搓搓，浸到水里摆动、冲洗一会儿，再搓搓，再浸到水里摆动、冲洗一会儿。水刺骨得凉，手都快要麻木了，但他们还是认真地洗着，直到彻底洗净。郭洪涛站起来，活动了一下腰身，招呼通讯员道："来，你逮住那头，我抓住这头，你往左拧，我往右拧，使劲把水拧干净。"在他们的用力下，水被从褥子里嗤嗤地挤压出来，手中的重量逐渐变轻了，他们的手劲也几乎用尽了，十根手指酸酸的，好似一点感觉都没有了。远处的一切都逐渐模糊起来，天马上就要黑透了，他们在河边稍稍休息了一会儿，就拿起褥子回到了老人的家。

郭洪涛和老人解释道："孟大爷，本来白天洗洗接着晒最好，但我实在没抽出时间来，也就只能这样了啊，现在先晾在外面，只好等明天

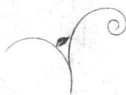

晒了。"

孟大爷哽咽着说："好人啊，你们都是好人啊。等我这老不死的死了，让儿子跟着你们这些好人干去。"

郭洪涛也擦了擦眼睛，说："别让他走远了，对你也好有个照应。不要想死呀活呀的，好好活着，等咱们赶走日本鬼子，就会过上好日子的。"

孟大爷咧嘴笑了笑，好似想起了什么："怎么着，明天又要走了？"

郭洪涛不能详细告诉他组织的决定，就笑笑："我们随时会转移的，等我转回来再来看你啊。"

尽管这么说，郭洪涛也知道短期内不会回到这里的。他要绕道先去解决湖西肃托的错误问题，然后再从单县去延安参加七大。结果到延安后，七大又延期了，他从此也调离了山东。

直到1990年代初，郭洪涛才又回到了沂蒙山区，在马牧池乡驻地牛王庙村，他突然笑呵呵地和当地干部说起这件事，并问他们知道这个家庭后来的情况不？当地干部告诉他，老人去世后，他的儿子参了军，几年后就当了团长，后来在解放开封的战斗中牺牲了。

郭洪涛脸色渐渐凝重了起来，过了半天，长长出了一口气，没再说什么。

交叉子

这天，岸堤逢大集，黎玉处理完了一大批事务后，看到能抽出一点时间，就叫上通讯员："咱们赶集去。"

通讯员露出一丝惊诧，很快脸上的疑惑就消失了，迅速跟上了黎玉的步伐。

虽说是战乱的年代，可一旦安定下来，就是很短的几天，生活必需品还是要买卖的。他们来到设在村道中的集市上，发现男女老少真有点摩肩接踵的样子了。黎玉慢慢地转悠着，在一个个地摊前不断地驻足，好似寻觅着什么的样子。

终于，黎玉高兴地对通讯员说："可找到了，可找到了。"看到眼前的地摊上摆了几十个交叉子，通讯员明白了原来黎玉要找的就是交叉子啊。黎玉问摊主："老乡，怎么卖啊？"

"好几种价格啊，柞木的最贵，其次楸木的，然后是槐木的，您要哪种？"摊主热情地招揽着，"柞木最结实，坐时间长了又滑溜颜色又好看……"

黎玉赶紧打断他的话："就要柞木的。不过，怎么上边没有铁轴和皮绳呀？"

摊主笑笑说："大道朝天，各管一边。我这活儿属于木作，铁轴属于铁作的生意，皮绳是皮作的。"

"作？"黎玉疑问道。

"作就是干活的地方，作坊嘛。"摊主耐心地解释着，"前面就有卖铁头家什的，过去让他配上铁轴，接着让他给铆住就行了。"

黎玉赶紧从兜里掏出钱来，买上一个柞木的，并在前边不远处的一个地摊上顺顺当当地装上了铁轴。他对跟着的通讯员笑着说："这还很复杂噢，咱们再找皮绳去。"

他们是在集市的西头找到皮货摊的，只见地上有已加工好的整张的牛皮，有许多条切割制作好的牛皮腰带，也有皮烟包，皮囊等。更多的是一根根用牛皮切成的皮绳，不粗不细，颜色洁白如雪。

看到黎玉手里拿着的东西，摊主很远就热情地招呼道："哎呀，串交叉子吧？来来来，看俺这牛皮绳，又匀称又柔软还结实，串的交叉子坐着保证舒服不硌腚锤子。"

周围的人都被他逗笑了，黎玉问他说："怎么是白的？好像应该是另一种颜色呀？"

摊主头一扬，腰一挺："哦，你见到的那是坐过一段时间的。我们这里都是用上好的牛皮绳串交叉子的，开始是白色的，坐后逐渐会变成殷红色，越来越好看，坐着也越来越舒服。你这柞木的交叉子架，配上我这牛皮绳，不出半年保证就会变得非常好看。"

买上牛皮绳，黎玉仍没有挪动脚步，在摊主应付买卖的空隙里，赶紧凑上前去："我，这，还不会串呀，能教教我不？"

摊主很热情，从黎玉手中拿过交叉子架，拿起一根皮绳，比画着："从这边第一个眼儿串向那边的第三个眼儿，外边留下一段皮绳头儿，回到这边第二个眼儿，然后奔那边第四个眼儿，到头后再倒着串回来，和留的皮绳头儿系在一起就行了。记住两头的第一个眼儿都得串过三次，其它眼儿全是两次就对了。皮绳的接头要接在外侧，那样才好看，坐不着疙瘩也才不硌人。"

说到这里，又来了生意，他就照应去了。黎玉也觉得明白了，就回驻地去了。

黎玉来山东后一直担任着党政军的重要职务，从集上回来就又投入到紧张的工作中去了，一直忙到深夜，才有空拿起白天买来的皮绳，在灯光下把皮绳向交叉子的两排圆孔串去。他一边串着，一边小声地自语着："从第一个往第三个串，依次来。哦，拧股了，回来回来。"说着，就整理顺溜了，看到自己的劳动成果有了模样，他的脸上露出了笑容。

可是，一边串到头儿的时候，他怎么也串不成了，因为往回拐的时候，在第一个眼儿里皮绳第三次串过的时候没有挡头，他的额头上急出了一层热汗，可反复端详，就是没法解决这个问题。

因为明天还有更重要的工作，恐怕没有时间琢磨这个活儿了，所以他决心今天夜里彻底解决战斗。

突然，他灵机一动，拿起了自己正坐着的那个交叉子，小心地把上面的皮绳扣一点点解开，嘴里还嘟哝着："要是把这个弄坏，罪过可就大了。"

通过拆解这个交叉子，黎玉弄明白了问题的所在，最后终于把新买来的串好了。

他感到腰酸背疼的，眼睛也有些模糊，时间太晚了，需要赶紧休息了。可是，看看新的，又看看被自己解开的旧的，他无奈地笑了笑，用手掌拍了拍自己的额头，又躬下身去。

当他把原来这个也串好的时候，天已经亮了。他揉揉眼睛，仔细地瞅着自己的劳动成果，又寻思起来：沂蒙山区的人管马扎子叫交叉子，好像显得更加形象啊，它是两部分交叉在一起，中间有个轴穿起来，上面用皮绳编织好，就成了一个又轻便又舒适的坐具。黎玉端详着，琢磨着，脸上露出会心的微笑来。

前一段时间，他们向村里的老百姓借来了几个交叉子，可是没想到有一个在日军分为12路对沂蒙山区的疯狂扫荡中，丢失了。粉碎敌人的扫荡后，黎玉回到岸堤，想到的第一件事就是赶紧给老百姓赔偿弄丢的那个交叉子。

夫 妻

野外，一座黑魆魆的低矮茅草房趴在那里，好似一头大黑牛在静静地休息着，思索着。

周围的槐树坚硬地向上耸立着身躯，碧绿的树叶密密麻麻，在清风的吹拂下发出轻微的瑟瑟声。西边和北边是一片连在一起的坟茔。平日，这里总是安静的。

老王因为家贫，四十多岁了，还没有房子和土地，所以和妻子冯氏在这里照看这片坟地，村子里每年会凑点粮食作为报酬给他们，再加上可在坟间树空零散地撒播点种子，两人勉强能生活下去。

这天，枪炮声响了大半天，到日偏西的时候才静了下来。老王一直很勤快的，接着到坟地转悠去了，他怕出纰漏，连这个差事也丢掉。当他来到坟地最北边的时候，果然发现了异常情况，只见一个人躺在地上，衣服上血糊糊的。他呼吸变粗，慢慢向前凑去，到了跟前只见躺着的还是一个孩子，也就十四五岁吧。他就又胆大了一些，慢慢蹲下来，将手伸到孩子的鼻孔下面，感到还有一丝微弱的气息。他站起来，向四下里看了看，四周一个人影也不见。低头看看这个孩子，以前没见过，面孔是陌生的，肯定不是周围村子里的人。他拧着眉头站了半天，又蹲下去，一手伸到孩子的脖子下边，一手伸到腿弯下边，腰挺了几挺，终于站了起来。老王小心地抱着他，一步步向家的方向走去。脚下的野草和庄稼藤蔓不时地缠绕着他的脚脖子，一不小心就是一个趔趄，他只好走得慢一些，尽量少晃动怀中的孩子。

来到家中的时候，老王的衣服被汗水浸湿了大半。妻子冯氏愣愣地看了他半天，随他走进屋里，看老王把孩子放到了床上，她赶紧端过一盆清水来，找来干净布，在老王为孩子脱下衣服的时候，先把孩子腿上的伤处用布包起来，系紧，然后轻轻擦拭起有血迹的地方来，擦完，又出去赶紧把血污的衣服洗干净，晾晒起来。

两人一直没有说话，忙完这一阵，老王才开口，"看着怪可怜的，我就抱回来了。"冯氏点点头，微笑着。由于自己没有生育，冯氏特别喜欢孩子。老王接着说，"逮个鸡杀了吧，给他补补。"冯氏很贤惠，丈夫的话她总是照办的。

晚上孩子醒来，喝了两碗鸡汤，精神慢慢恢复起来。问过以后知道是八路，和鬼子这一仗打得很恶，他受伤后掉队了，到这里昏过去了。看到他这么小就一个人出来，冯氏心里一动，增加了几分怜爱。

第二天，突然有一队鬼子兵向这里走来，老王看到后，快速拉着冯氏走到屋里，让她上床假装拍着孩子睡觉，就说孩子病了。

不一会儿，鬼子兵真的来了，在草房外转了半天，有两个走进门里，看到冯氏在床上正拍着一个半大孩子，怀疑地看了几眼，出来拉拉枪栓，叽哩咕噜一阵，有一个翻译就问："这里有八路吗？"老王赶紧说："前一阵子见来，最近都走了。孩子病了，不能吓着。你行行好吧。"临走，有一个鬼子兵狠狠地捣了老王一枪托子，他的大胯被捣得瘸了十几天。

这件事后来在当地老百姓中被传开了，越传越离奇，最后成了冯氏用乳头喂那小战士，那小战士吃她的奶了。变了形的传说，让冯氏知道后羞得抬不起头来。她和老王说，"全怨你，弄得我有口说不清。"老王不在乎地说："当时我就在场，他们狗嘴里爱吐什么吐什么去吧。"

有人见了老王，当面也开玩笑说："弄那奶怎么让人家吃了啊。"

"少胡咧咧，就是搂着拍了拍！"老王义正词严地说着，并生气地瞪着那人不转眼珠，直到那人低下头去，无趣地走开。

有时老王也笑骂着："少说混账话！她没生育，哪来的奶水？就是拍了拍，演给鬼子看的！"

但是越解释就越解释不清，最终传成了冯氏用自己的奶水救护了八路军伤员。

二十多年后，附近村子里用乳汁救伤员的红嫂闻名全国了，村里的干

部也按捺不住了，想把冯氏的事迹宣传一下，让自己的村子也露露脸。

村干部说了这个意思后，六十多岁的冯氏笑着说："不是那么回事儿啊，怎么能胡编。"

村干部说："怎么不是那么回事？你搂着他时不是胸膛对着他了？这不就中了？你别说话，来人问你你答应着就行了。"

老王在一边再次解释说："确实没有的事，就是搂了搂，拍了拍。"

"你这个死脑筋，要是宣传成红嫂，你们还用再住这间小趴趴屋，上级就会管的。"村干部斥责道。

冯氏赶紧说："说话得凭良心，要说救人确实救了，那是老头子抱回来的，是他救的。我歪在床上拍过，还擦过身包过伤给做过饭。救人是老头子的事。前一段时间被救的那孩子还回来看俺们了，管老头子叫沂蒙老爹来着，还给他下跪磕头来。要说是我救的，还喂他奶来，那就是胡扯了。"

村干部无奈地说："背回个伤员来的事在咱们这里太多了，战争中哪个男人没有去背过伤员，宣传老头子没有意思啊。给伤员喂奶，就感动人多了。"

后来，夫妻二人先后在茅草屋中去世，被他们救护过的战士也在南京病逝了。有人又旧话重提，说冯氏是用乳汁救伤员的又一个沂蒙红嫂，就经常有人来到她住过的那间茅草屋凭吊一番。至于真正把伤员背回家，让被救战士叫了几十年沂蒙老爹的这一称号就渐渐没人提及了。

总是长时间地望着你

下岗后，我们一家从城里来到乡下，承包了一片深山里的果园。我们住进果园里原来建筑的简易看护房，房屋低矮狭窄，但好在也是三间的格局，由于是草房，冬暖夏凉，住着倒也还很舒服。这里距离村庄三四里路，车辆很少，孩子步行到村小学上学，我们也很放心。

很奇怪的是，在果园西边一道高梁上，搭建着一个当地叫做团瓢的小草棚子，里面住着一个走路已经颤颤巍巍的老人，大约七十多岁的样子，短短的头发几乎全白了，脸上的皱纹纵横交错着，腰略微有些弯，但不很明显。

"你说怪不怪，他自己在这里不孤单吗？"妻子有时突然就会冒出一句来。我知道，她的真实想法是盼着他离开这个地方，家边上一个人，总觉得缺乏安全感。

我说："人家原来就在这里，能上哪里搬？再说了，有个邻居也可以互相照应，并不是什么坏事情啊。时间长了，熟悉了就行了。"

不长时间后，老人就时常过来打声招呼了："吃了？"

"吃了，您老也吃了？"我知道，老人其实是寂寞的，见到我们感到很亲切的，所以我也热情地应答着，并赶紧搬过一个板凳，"您坐，喝水不？"

他笑眯眯地摆摆手："刚走了这几步路，不渴，别倒。"

我和他东一榔头西一棒槌地闲扯着，初次坐在一起，我时刻小心着，别问话没深浅，引起一些不愉快来。

有了这一次交往后，老人就经常过来坐坐了。他很注意分寸，总是挑我们全家都在的时候，才过来坐一会儿，其他时候是不会贸然露面的。

我发现，他毕竟年纪大了，正说着话，有时突然就走神了。那次，我儿子和他妈争争吵吵的，老人的眼光在他们之间来回忙碌着，眼神很硬，直直的，一点也不柔和，还怪怪的。我连着和他说了几句，他都没有反应。我仔细地看了看他，觉得不是能用走神就简单地涵盖了的，怎么说呢，反正眼光很复杂。直到儿子走了，妻子也离开，他才恢复了正常。

我到村子里去办事，顺便问起村干部，得知了老人的一些情况。老人一辈子没有结婚，也没有亲近的亲属。原来还没什么，可这几年就有些痴了。好到人家里去，盯着人家就不算完，很多人都怕他。后来就不给好脸色了，不客气地撵他离开。有的甚至骂骂咧咧的，说他是花痴。

"出过什么事儿吗？"我想了解得更深一些。

村干部连连摆手："没有没有，这么大年纪了，还有什么能为，有贼胆没贼能力了。"说着，自我哈哈笑起来。

我也附和着小声笑了笑。

村干部又正经说道："但村里的人，都被他看得毛手毛脚的。村里给他搭了个团瓢，就让他搬出去了。前一段时间，也还是常来村里的。都躲着他，才来得少了。"说到这里，他接着问道："去骚扰你们没有？"

"没有没有，"我赶紧否认，自己刚搬来，千万别搬弄出一些是非来。

知道了老人的情况后，他再上我们的家门，我就更加注意了。从来是我们全家都在并且闲暇的时候他才来，他也总是看到我们一家人闹腾着、亲热着的时候才会走神的。

妻子给我端一杯茶来的时候，往往先说一句："茶凉啦，喃——快喝了。

这时他的目光就到妻子那里去了。妻子一愣，打了一个冷噤，还是把茶递到了我的手里，我大口喝完，妻子又把碗拿走了。这期间，他的目光是痴迷的，先是随着妻子的身影转，接着直直地盯着我把水喝完，妻子接过碗去后，老人的眼光又跑到妻子那里去了。妻子生气了，又不好表现得太厉害，就橐橐橐地大步走了，身后留下一股冷风，直往老人的脸上撞去。

老人转过神来，低眉看了我一眼，有些尴尬，随后就讪讪地离去了。

"太吓人了，那眼睛直直地死死地盯着你，让人毛骨悚然，浑身起鸡皮疙瘩。他往后再来，赶紧撵他走！"妻子的话语愤愤的。

我开玩笑道："你到他那么大年纪，恐怕还不如他。人老了，什么样的也有，看看还能看少了？"

"你……"妻子拿手指了指我，不再说话了。

"他并没有光盯着你啊，"我想替妻子解脱一下心理压力，"那次儿子在家，和我打打闹闹的，他是盯着我们爷俩看的，你没有介入我们的事情，人家就一点也没看你啊。"

本是为了宽慰妻子的，可说到这里，我的心不由得猛然一阵颤动，一些模模糊糊的东西逐渐变得清晰起来。

妻子也愣住了，慢慢地点了几下头，然后轻轻笑了，以商量的口气说道："往后他再来，爱怎么看就怎么看吧。"

我们两人对视了一眼，会心地笑了。

我们在那大山的果园里干三年，老人经常来我们家，我们相处得越来越和谐，他对我们的家庭生活形态也逐渐习以为常。在我们离开前的那一年，他搬回村里的老宅子去住了。人们说他再也不去窥视任何一家人了。

现在我们早已回到城里来了，也重新上岗了，可还是经常想起那个果园和那位老人……

怎么会是第二次

半个月不去看望母亲了，这个周末我推掉了一切应酬，提着大包小包的往母亲那里赶去。

母亲住在乡下，父亲去世后，我一直想让母亲进城和我一起住，可她怎么也不同意："说的也容易，我喂的鸡谁管？门谁给看？"

我笑着说："把鸡处理了不就行了，家里也不是有什么值钱的还值得看？"

"咊——咊——咊——"母亲这么一唤，十几只鸡就撅着屁股头往前一闯一闯地跑到跟前，抬起头，珍珠一样的眼睛看着母亲，母亲顺手撒下一把小麦，鸡们低下头去啄食去了，母亲盯了我一眼，"我们过了一辈子的家当全在这里，不看门能行？"

再劝多了，她就生气了："我哪里也不去，你也别觉着难为，有空你就回来看看，没空你就忙，不用管我。"

这样也好，我可以每周都到乡下来舒缓一下疲惫的身心，到墓地祭奠一下父亲，和母亲拉拉呱，说说话。

早晨又耽搁了一下，到村口时已经上午十点多了，太阳已经变得好似一块烧透的圆形钢块紧紧地粘在天幕上，白中透红，散发着灼人的热气。眼前的空中有些火星儿在迸发着，迎面一股股热气扑过来，把人扑得有些趔趄，三伏天真够热的。

不远处的路口，有一个身影站立着，好像母亲似的，有时还控制不住地晃悠一下，她站在这里干什么？我快步走上前去，果真是母亲，满脸被晒得红红的，汗水唰唰地往下淌着，上衣很多处都被汗水浸透了。

"妈，天热得这样！你怎么在这里？"我又是心疼，又是着急，"快回家，快回家。"

母亲不好意思地笑了一下："我逛逛啊，还光在家里，吃了睡，睡了吃!"

"这么毒的日头，你逛什么逛啊!"一边往家走，我一边埋怨她说。

她一直笑眯眯的，任我怎么说，也不再还嘴。

"咻——咻——咻——"到家后，母亲又把那十几只鸡唤到跟前来，这次撒给它们的是半瓢头子金黄的玉米粒。好似鸡们围绕着她，才是她最大的幸福似的。这时候，她的脸上是一种满足神情，焕发的容光让我再也不忍心劝她离开乡下老家了。

"这是黑芝麻糊，名牌的，你每天可以吃点，老年人吃点黑芝麻有好处。"我从包里往外拿着东西，和母亲嘱咐着。

母亲没有反应，我抬头一看，她走神了，眼睛里一片空濛，看着远处。我顺着她的眼光望去，低矮的院墙外的那个方向是我们高家的墓地。我的心里凛然一紧，母亲又想起父亲来了，我也安静了下来。

天气已经临近中午，树荫很浓，罩住了一大片天井，树叶深处有蝉在此起彼伏地高叫着，偶尔有几只小鸟飞起又落下，四周无人走动，显得更加安静了。

过了半天，母亲回过头来，嘴角向外一咧，不好意思地笑了一下，"你说什么?"

"我说啊，"我又开始从包里往外拿我买回来的东西，"这是北京产的绿豆糕，夏天吃，对身体有好处，清热解暑……"

母亲这次反应过来了，赶紧说："你看你，又买这些东西，你不是上一星期才给我买了那么多嘛。"

我继续往外拿着所购买的物品，"妈，你别不舍得吃啊，你不跟我去，我就常给你往这里送，也很方便的。"

"你看你，这几种点心，上个星期天你回来不是都买了吗? 怎么又买? 我一个老太太，你当是能吃动多少东西!"母亲指着我包里的食品，责备我。

我突然感到有些不对劲："你说什么，妈?"

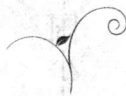

母亲宽容地笑笑，摇摇头："我说啊，你上个星期天回来，不是都买过了吗？"

我回过神来了，母亲已经是第三次说我上个星期回来买过这些东西了，我的心紧紧地一收缩，有些疑惑了。

"我上个星期天有事，没抽出时间回来看你啊。"我有些内疚。

母亲也愣住了，随即笑了，头来回摇动了几次，说："老了老了，你看我，就是呢，刚才这个事，我就觉着发生过一次了。"

"真的啊？"我不太相信，但刚才这三次她可是说得一板一眼的，就像真事儿似的。

母亲看我担心的样子，笑着摆摆手："没事，没事。"

母亲越说没事，我就越是担心，于是硬逼着她随我回到城里，到医院进行了一次彻底的检查，结果倒是让人高兴，母亲真的什么事儿也没有，此后，她又回到乡下去了。

从此以后，不论多么忙碌，每个星期天我都要回到乡下去看望母亲。一听到她说："你看你，这个事儿你上个星期回来不是已经做了吗？"心里才感到踏实了。

倾 听

邻居薛大爷是一个七十多岁的老人。他老伴去世后，一直自己过日子。生活调节得很有规律，身体不错。尽管日子过得平平淡淡，倒也有滋有味的。在外地工作的孩子过段时间回来看望他一次。

作为邻居，我们相处得不错，我经常过去和他打个招呼，看看有什么需要帮忙的也好及时帮他一下，时间长了他对我也很实在了，有事就叫我。

这天，我又主动上门和他说几句话，同时间间是否有需要我的地方，他连连说没事没事，我就顺嘴问他："搬到孩子那里去，过舒心日子不比自己在这里操持吃喝省事？再说了，孩子们对你自己在这里又怎么放心啊？"

其实我也就是顺嘴说说，并不是真心劝他走。老年人有自己的生活天地，会更舒心的。薛大爷也没接这个话茬，热情地招呼我屋里坐，用紫砂壶泡上一壶茶叶，先倒出点水，洗一洗茶碗，然后才斟上茶水。我知道他自己是很孤独的，所以就坐下来，陪他喝起茶水来。

屋子里拾掇得板板正正，地上很干净，大大小小的家什放置得很有条理。茶水雾气升腾起来，氤氲出一种湿润的氛围。

薛大爷眯着眼睛，好似望着远处，缓缓地说："在这屋里住了这么多年，总是舍不得离开，是不是有些贱啊？"见我不接话，就又说道，"我身子骨棒棒的，他们哪有什么不放心的。我到他们那里，总是待不惯，拘拘束束的不自在。不是他们不孝顺。我就是觉着在这房子里舒坦。"

"也挂念孩子们哟，"我说他，"不管怎么也常常想呀？"

沉默了一会儿，他用手往后一划拉："不想是假的，想的时候我有照片啊。"

后墙上挂着几个方形的相框，玻璃后面满满地压着很多照片，由于里面早已放满了照片，玻璃和外面的木框之间的缝隙里，也都插着一些相框里面盛不下的照片。

我轻轻地站起来，走到相框前面。里面有些已经发黄的老照片，大多是他和老伴年轻时候拍的，那时孩子还不大，有的还没出生；而彩色的照片，是后来拍的，显示出孩子们各个年龄段的情况；还有些是孙子、外孙一辈的，明显是近年来的新照片。

薛大爷也跟我来到相片前，指点着，解说着，那是什么时候照的，这是什么时候照的，神情里流露出满足和欣慰来。

说着，他小心地往前一步，左手快速按住相框，伸出右手，慢慢地取下一张插在相框外面的彩色照片，轻轻地捏着，往座位上走去。我慢慢地跟着，也回到了茶几前，看着他。薛大爷摆摆左手："喝茶，喝茶。"我端起茶碗，啜了一口，眼光又回到了薛大爷的手上。

那是一张一家人围坐在一起吃饭的照片，他和老伴坐在上首，儿孙们围坐在下边，桌子上摆满了菜肴，酒杯里也斟满了酒，整张照片上，洋溢着喜庆的气氛。

薛大爷笑笑："这是老伴生日时拍的一张照片，孩子们都回来了，菜肴什么的这些东西都是他们带回来的，根本没用我们操心。"薛大爷的眼光迷离起来，陷入了对往事的回忆里，"儿女们都祝他妈健康长寿，孙子和孙女更会说，老太婆高兴得不得了，连着喝了好几杯酒，你看，脸都红了。"

"后代孝顺，是老人的福气啊。"

"哪里想到，老伴却先去了，倒留下我这老头子在这长寿着。"

我怕引起他的伤感，赶紧拿过茶壶来，给薛大爷倒上茶水，打岔道："看照片哪如去看真人啊，儿女亲口叫你爹，孙子孙女缠着你讲故事，那是什么感觉？"

薛大爷脸色愣怔了一下，端起茶水喝下一小口，才缓缓地抬起头，看着我，有些诡秘地说："一样啊，都一样能听到声音的。"

看我不明白，他指指照片，嘴角往外一咧，轻声笑道："听听，就能听到啊。"

说着，他把照片放到耳朵边，让有人影的一面贴着耳朵，头微微歪着，眼睛眯起来，开始了认真的谛听。门外，风呼呼地吹着，有些风进入室内也弄出了轻微的响声。我发现，薛大爷充耳不闻，完全陶醉到他的倾听中了。

过了一会儿，他的嘴嚅动起来，发出断断续续的声音："嘿，这小子，不听他爸的……哦，又抱怨她妈，她妈也不生气，还撇撇着嘴高兴……噢，我喝我喝……"

看薛大爷这副痴迷的神态，知道他进入了对往事的回忆中了，我就在一边静静地陪着他，茶水被我连着喝掉了好几碗。

薛大爷慢慢睁开眼睛，不好意思地看了我一眼："真的，你听听。"

我接过来，像他那样认真听起来，尽管什么也没听到，在薛大爷问我的时候，我看到他那殷切的期盼，还是郑重地点点头："听着了。"

这次以后，由于我知道了他这个秘密，就随时不自觉地关注他，还真经常看到他拿着照片，贴在耳边，认真地倾听的样子。

后来，薛大爷病了，儿女们赶回来，把他送到城里的医院里，治疗了一段时间，由于是绝症，身体每况愈下，他执意要回到这座老房子里，儿女们只好陪他回来了。

我赶紧过去看他。他已在弥留之际。我们一同把他安顿到床上后，他就不安地转动起头来，最后在面对相框时才停下了。其他人都不明白，我赶紧把插在相框外的照片都给他拿过来。他摸索着，挨张放到耳边，听听，放下，听听，放下，最后拿起他老伴的一张，抖动着，贴上耳朵，嘴巴慢慢张合着："这……老……太婆，又……嘟哝……开……了……"脸上是满足的样子。

看到他的儿女们疑惑的样子，我说："薛大爷，他经常把你们的照片，放在耳边倾听，他总是说能听到你们的声音……"

我看到，他们的眼泪，都哗哗地流淌下来……

为什么那身影越来越模糊

一阵电话铃声，她接通后，果然又是他。最近，他总是给她打电话，也就是随便聊一会儿，往往并没有什么事情。

放下电话，她转头看看墙上的电子钟，下午六点多了。看看窗外，远近的一切渐渐模糊起来，天马上就要黑透了。按说，这时候丈夫应该下班到家了，可是他却经常不回来吃饭，她也就不急着做饭了。

她安静下来，闭上眼睛，摒除头脑中的杂乱画面，放松——放松——，眼前先是出现一条大路，路边长满鲜花，自己慢慢走上这条大路，然后顺着路走入一个山洞，走——走——走——，走到了头是另一个出口，这个地方站着一个人，她用力地看，但是看不清楚这个人到底是谁，不一会儿竟然变得更加模糊了。她失望地睁开眼睛，摇摇头，无奈地苦笑了。

有多长时间了，她把饭做好最终等来的是在外面已经酒足饭饱的丈夫。丈夫有时会提前打个电话和她说声不回来吃饭，但更多的时候是忘记和她说。听到她的抱怨声，丈夫总是不耐烦地摆摆手："很多场合需要应付，很多饭局需要到场，还会饿着啊！你不用管我，自己做饭吃就是了。"见她撅着嘴不高兴，丈夫才有些歉意地说："一忙就忘了告诉你了。"她很疑惑，再忙难道连打个电话的空儿都没有。刚结婚的时候可不是这样，那时的丈夫晚回家一分钟也会赶快告诉她一声，刚说完话他就进了门，她瞪他："都到家了还打什么电话！"丈夫满脸笑容，语调充满体恤："不赶快和你说声怕你不放心啊。"

她现在就总疑心是丈夫变了。有很多时候好似并没有什么应酬，但他也会说有事要晚回来，有时甚至快半夜了才进家门。她睡得迷迷糊糊的，丈夫慢慢上床，轻轻躺下，身体一接触，她就打了一个激灵。丈夫的身体干净爽滑，有一股淡淡的洗浴液的香味，好似是在外边洗了澡后回来的。第二天一早，她起床后给丈夫往床前拿昨天穿的衣服时，竟闻到了一丝异样的气息。她的心往下一沉，赶紧把脸转向一边去。瞅个空闲，她淡淡地问："回来这么晚，连个澡也不洗，这么不讲卫生啊？"丈夫脸上浮起一丝疑惑，接着顺着她的话说道："是啊是啊，今天晚上回来保证洗得干干净净再上床。"她眼前一阵黑，愣怔半天，回过神来时，丈夫早已走出了家门。

过去他俩过着平淡的日子，下班后都直接回到家里，两人在一起时间多，共同做饭，干家务，心中只有对方，真的如胶似漆。

那次，朋友们一起出去郊游，野餐，在碧绿的草地上疯玩着，跑啊，跳啊。在都安静下来的时候，有一个搞心理咨询的女友要测验、分析她的心理情况，她觉得好玩，就听从女友的指挥，让她测验分析了一番，结果她感到测试得很准。

室内更加阴暗了下来。她仔细听听，门外还是一片寂静，丈夫肯定又不回来吃饭了。她摸过手机来，手指往按键上快速戳去，戳几下后，动作慢下来，轻轻叹一口气，扔下了。起身打开开关，日光灯白亮的光线在室内流溢开来，一种冷冷的感觉袭上身来，她哆嗦了一下。近期她非常怀念过去用过的白炽灯，感到那有些发黄的灯光才能给人一种暖暖的感觉。

那天，在暖风习习的大自然中，她和女友离开大伙一段距离，在地上坐下来，女友安排着她，闭上眼睛，什么也不想，从头部开始，逐步放松身心，在身体和头脑都松弛下来后，继续用柔和话语引导着："前面一条大路，路边上长满了开花的植物，看好并记住花的颜色，你沿着大路往前走——走——，前面出现了一个山洞，你走进去，洞中有一个匣子，看看这个匣子，好了，继续往前走——走——，好，到头了，这是另一个出口，洞口站着一个人，一个人，看看那是谁啊？"等她睁开眼睛，女友开始问她，看到的花是什么颜色？匣子什么样？匣子里装着什么？她回答后，女友就告诉她看到什么代表着什么意思，她抱着姑妄听之的态度，没怎么当回事儿。女友又笑眯眯地问她："洞口那人是谁？"她毫不迟疑地抬

手指指远处的丈夫："我看到的是他。"女友再次求证："真的？说实话啊？"她用力把头点了几点："真的，看得清清楚楚，就是他，绝对是他啊。"女友这才告诉她："在洞口看到的人，就是你最牵挂的人，你最爱的人！"

过后，她并没太当回事儿，只是对在洞口看到的人是丈夫感到太准确了，她最牵挂的人确实就是丈夫啊。

最近，经常接到他的电话，让她的心慌慌的，但仔细想想她也不知道那是为啥。

在等待丈夫回来的时候，她就会又想起这个测验，于是就经常自己引导着自己做一下，可是在洞口怎么也看不到自己的丈夫了。那洞口确实有个人影站在那里，但每次都非常模糊，她怎么也看不清楚到底是谁，越想看清，就变得模糊……

相　框

　　敬老院院长来到老太太的居室，看看她适应得怎么样了。老太太和老伴一生就生了一个儿子，在三十年前的那场南国战事中牺牲了，作为烈属，他们从不提什么要求，老伴去世后，她自己住在老房子里，镇里和村里都不放心，直到她进敬老院住下后都才感到了却了一桩心事。老太太颤巍巍地，皱纹密布的嘴唇抿抿着，沉默了一会儿，才开口说道："俺想回去住，这里……"

　　院长吓得一哆嗦，前倾的身子直起来，谦恭地笑着："大娘，是不是我们的工作中有什么做得不好的地方，让您受委屈了。哪些方面您感到不满意，您就直说，我们保证及时改正。"

　　老太太花白的头摇得像拨浪鼓："没有没有，俺享不了这个福，就是想回去。"

　　阳光透过窗户照进来，光柱透明得似乎并不存在，几块金黄的光斑不规则地铺在地面上，房间里很安静。

　　院长没说话，神情谦恭地继续看着她。

　　老太太已经快八十岁了，孤身一人住在村子里，多次动员她住进敬老院，她一直不答应，最近看她年龄越来越大，终于把她动员着来住下了，谁知道没过几天她就要回去。

　　"真的，不是你们工作上的问题，是俺自己的事儿。"老太太不好意思地说。

　　院长笑眯眯地轻声问道："自己的事?"

　　老太太犹豫了半天，慢慢从怀里拿出一个书本大小的相框，抖抖索索地递给院长："全该他是。"

院长心中一颤，小心地接过来，相框中是一位穿军装的年轻军人，当然就是老太太的儿子了，这幅照片一直挂在家中堂屋的正中，被经常擦拭，干干净净，一尘不染，往敬老院搬时，老太太是最小心地带来的，谁都不让动。来到敬老院，就挂在了她的寝室里。

"挂在这里不是和家中一样的吗？"当时院长考虑得很周全，搬来的第一件事就是照家中的原样为老太太挂起来的，所以院长赶紧问道。

老太太说："是一样，可是……"

"有什么事儿您就直说，我帮你去办。"院长知道老人们年龄大了，有时心思就像小孩子一样，得按老人们的思维考虑问题，才能做好工作。

"俺听不到儿子说话声了，"老太太沉默了半天，才憋出这句带着一丝哭腔的话，而眼睛始终紧紧盯着相框中儿子的相片，眼泪包着眼珠，过了片刻，又失望地说道，"听不到儿子和俺说话了，俺活着还有什么味儿啊。"

"哦，到底怎么回事儿啊？"院长有些糊涂了。

老太太解释说："这些年来，遇到什么事情我就对着相框和儿子念叨念叨，儿子总是会和我说说话的，可自从搬到这里来住以后，儿子一次也没有接过我的话茬儿，在老屋里住的时候不是这样的，难道是俺快要死了？"

院长知道老太太说的并无科学道理，只是一种幻觉罢了，但这是她的唯一的精神支柱，可有什么办法呢？可要是这种幻觉消失了，老太太的难过当然会是痛彻心扉的。院长眉头轻微地皱了皱，仔细想了想，拍了拍老太太的膝盖，说："过几天就会好的，你刚搬过来，一切都还没有安落下来，安落下来就会和以前一样了。"

"真的？"老太太眼中有光亮一闪，继而就黯淡下去了。

院长商量道："再待几天，看看吧。"

老太太出门走了，院长陷入了沉思。

院长来到老太太以前生活的村子里，先到她的房子里看了看，又去周围的邻居家逐家仔细地询问了半天。

几天后，他们的工作人员又为老太太从原来住处搬来了一些东西，包括家具、生活用品等，并尽量按照原来的布局摆设好。

院长看到，老太太的脸上笑模样渐渐多了起来。

院长又破例为她在一个墙角上支撑起来一张网子，自己掏钱买来了几只小鸡和一些粮食，让老太太照管着，说以后可以为敬老院改善伙食添补添补。老太太乐颠颠地忙活起来，就不再提回老宅子居住的事儿了。

由于是一处乡镇敬老院，院民全是农村老年人。院长把院子中的荒地一份份分给所有老人们，愿种就种，不愿种也行。老人们一改过去打牌、下棋、看电视的模式。

上级来检查，狠狠批评了院长，院长虚心接受，表示马上改正。但他总是过后就忘了，依然如故。

这天，院长来到老太太的居室，看到老太太精神饱满，浑身是劲。院长从摆放的各种从老人家搬来的生活用品转到墙上，那副相框非常洁净，正正地挂在那里。老太太随着他的眼光也转到了儿子的照片上。老太太小声告诉她说："你说的很准啊，俺又能听到儿子说话了。"

院长一怔，马上明白了。他再看一眼房中这些老用具，再转过头去看因种地显得有些凌乱的院子里，尽管确实不如其他乡镇的整齐美观。他不自觉地嘟囔了一声："值了。"

老太太并没有听清楚，他们就又说别的事情去了。

老马夫妇

一进"怪难吃水饺店"大门，热气迎面扑来，服务台正对着的八张长条桌大多已经坐满了，我看了一下墙上挂的小黑板上写的水饺品种和价格，转向坐在服务台后的老板娘："下半斤白菜馅水饺。"

"好嘞。"一声悠长应答，老板娘抬起头来，圆润白皙的脸上布满笑容。我一看有些面熟，但一时也想不起来究竟是否认识。老板娘也一愣，面部表情一黑的感觉，接着更加热情了，"您稍等，一会儿就好。"转向服务员，作了安排。

我找张桌子坐下来，安静地等着水饺的到来。

从乡下调到城里，我的吃饭成了问题。自己太懒，老婆还在乡下，就只好整天找小饭馆凑合一下。单位有些好心的人也经常给我推荐一些价格不高又卫生的小饭馆，这个"怪难吃水饺店"就是这样把我的脚步吸引过来的。

突然，我在乡下工作时的老同事老马从室内楼梯上走下来。他是被从县里安排下去的，在县城里早就有家，他比我早两年调回来，回来后就不用再上班了。我们在乡下时关系很不错，一看见他，我马上站起来："老马，你也来吃饭啊?"

老马一愣，随即笑了："这饭店是咱自己开的。不用上班了，这不是就找了这么个差事干着。效益还行，蛮够花销的。"说到这里，立即转向服务台，"不认得啦，这不是他高叔来了嘛，你快弄个小菜来，俺俩喝一气儿小酒。"

哦，原来果真认识！老马嫂子一直在县城工作，那时会偶尔到乡镇里来看望老马一次，顺便走走亲戚什么的，正好我分管车辆就主动给安排一下，所以她一直夸我："他高叔这人真好。"

现在，我一下子尴尬起来了，我最怕的是碰到这种局面，却还是碰到了。同时更感到没认出老马嫂子来，太不像话了，还对她指手画脚地让给自己下水饺。"不好意思，看着面熟，就是没认出来。"

老马嫂子也热络起来："哎哟是他高叔啊，你这是来出发了？噢，调来了？调来了好！在哪个单位啊？……"

"快弄菜！"老马不耐烦了。

"别忙了，我已经下上水饺了，简单吃点就行了。中午不让喝酒的，再说我一会儿还上班，也没时间。"我真诚地解释着，拒绝着。

看老婆仍斜着身子靠在服务台里面，老马脸一耷拉，不高兴了："很长时间不坐坐了，说什么也得喝气儿。"

我立即表明态度："老马，今天中午说什么也不喝，以后有空闲时间保证喝。"

老马嫂子斜着眼睛瞪了老马一眼："好哎，俺这不是见了他高叔亲得了不得嘛，先说说话呗，哪用这么着急啊！"

老马无奈："你看，不是抓紧吗？"

在这期间，又有人来吃饭了，也有人吃好后过来结账了，老马嫂子手脚麻利地应付起来。

"你看这娘们，忙不到窝里。"老马头往一边一扭，"哼。"

正说着，服务员端着盘子上来了："半斤白菜水饺，来了。"

我拿起筷子，向碗里伸去。

老马还在安排老婆，"行了，快去吧。"

我笑笑："快忙你的吧，再客气水饺我也不吃了啊。"

老马嫂子已经应付完了几拨客人，又清闲下来，她满面笑容地看着老马："人家他高叔都说不喝了，就你那事多。"接着转向我，"他高叔你不知道啊，他是自己想喝酒了，你说说晌午这么忙，他喝的什么酒！"

"是啊是啊。"我一边点头，一边快速香甜地吃着盘子里的水饺，味道确实不错，不是怪难吃，而是很好吃。

老马这时也只好作罢了："那你慢吃，我到楼上照应一下去。"

我嘴里呜啦着："你忙你的，你忙你的。"

他过来紧紧地攥着我的手，使劲摇了摇，"说什么也得抽空喝气儿。"

"行行，有空着有空着。"我也使劲摇摇他的手。

"吃完走就是，别支了。"临走他又嘱咐道。

吃完后，我先掏掏钱包，数出正好的钱来。我怕要是不找好正好的钱，老马嫂子借口找不开啊什么的不收钱，夺夺巴巴的，又是一番尴尬。我做好准备，走向柜台，递给老马嫂子。

老马嫂子果然不接："他高叔，算了呗，几块钱的事儿，别支了。"

我严肃地说道："嫂子，我还得来吃啊，你不收钱，我怎么再来啊?"

"好，你赊着来不就是嘛。几块钱的事儿，算了算了。"老马嫂子还在客气着。

我转头向楼梯一看，没有老马的身影，这就好，省的他来又要客气一番，我把钱往柜台上一放，说："抽时间我还要和老马喝气儿小酒啊。"

老马嫂子用手一划拉，把钱划拉到抽屉里："他高叔，有空你就来啊。"

走出门口，回身看着上边的大牌子，这两口子怎么想的来，明明很好吃，偏偏叫个"怪难吃水饺店"，确实动了心思啊。

母亲的苹果

走路不是很快，走一会儿就气喘吁吁的。天刚蒙蒙亮，她就闲不住了，在果园中转悠起来，树枝一会儿拽拽她的衣角，一会儿拍拍她的额头。果树的树叶发出一股股青青的香气，太阳蹦出来的时候，枝头密实的苹果那向阳的一面挂着鲜红的霞光，转头看看太阳，好似也成了挂在明亮的云霞枝头的一枚大大的苹果了。

她的年龄越来越大，儿子一般是不用她来为自己帮忙干活的。可是媳妇患病住了院，种果园的儿子只好请母亲住到果园里来，帮着照看快要成熟的苹果了。

她在果树间来回地穿插着，看到树下散落的枯叶间凌乱的落果，就俯身弯腰捡起来看看，好好的怎么就掉到地上来了呢，用手翻转着看看，上面有个小烂疤，周围沾着一些泥土，她放在衣襟前使劲擦了擦，又举起来，和树上那还显青涩的苹果相比，它明洁光亮，透出的是橙黄色彩，还散发出一股香味。她放到嘴边，轻轻咬了一口，又香又甜的。她站着，半天凝神不动，向四下里看了一下，有学生去上学了，村里人也陆陆续续下地干活了。

回到果园里的简易看护房里，她的瘦弱身子转了几圈，没有找到她要找的东西，失望地坐下，喘息了几口，又站起来，"橐——橐——橐——"出了果园，过了一会儿，从家中找了一只筐，喘着粗气躬下腰向筐里捡着一只只落果。

下午，一群学生从联小放学回来，打打闹闹地经过果园，没有谁对树上的苹果瞥一眼，他们知道有人在看管，从来也就没有产生过丝毫觊觎念头和非分之想。

"哎——"母亲站在果园边上，扬扬手，招呼着，"你们——来吃苹果啊——"

孩子们一愣，住下了，满脸惊奇，先看看她，又回过头去，互相看一眼，再回过头来，看到她指着的地上的筐里确实有苹果，就凑过来，你往前推我，我往前拉你，都不动手，她看孩子们这么腼腆，就又说道："拿着吃啊，吃！"

"扑棱"一声，筐见了底，里面的苹果转眼间消失了。"把烂疤啃掉，别吃了呀。"看到孩子们香甜地啃着，打闹着走远了，她满脸的皱纹舒展着，笑意布满了旮旮旯旯。

儿子把果园周围圈起了一道栅栏，只留下一个小门供自己进出。她自己在果园里，周围很安静，一整天也不会有一个人进来，除了隔一段时间在果树间转转，就是隔着果树的缝隙看远处的人影，只要能看到，不论远近就都好似有了伴似的，她就自言自语地说着话和他们打招呼，当然她也知道他们是听不见的，但还是忍不住地说，说过一会儿再自己骂自己几句，笑自己几句。

"吧嗒"一声，又有苹果落地了，她的心一疼，你们怎么就不好好在树上安稳着呢，可惜了。这也好似提醒了她，挎起筐来，她又到树下捡拾落地的苹果了。

放学的孩子们每天经过苹果园都能吃到一次苹果，慢慢就成自然了。后来走到这里，不自觉地就停下来。不见她招呼，就叽叽喳喳地站着等她的苹果筐。

看到这种情况，她的心一沉，感到有些不太对头的感觉，到底哪里不对头，她又说不上来。

不知不觉过去了十几天，由于每天都到树下拾取落地的苹果，她捡拾到的落地苹果已经很少了，孩子们却眼巴巴地等着她的苹果。

"今天，苹果不够了，你们明天再来吧。"她瘪瘪的嘴唇嚅动着，感到很对不住这些孩子们。

这些学生们看看她的脚前，那只筐不在，脸上神情失望，继而慢慢把眼光转向了果树上，她随着孩子们的眼光也转过头去，枝头上一个个苹果在秋风的吹动下，高高低低，忽左忽右地颤动着，她突然哆嗦了一下，那个不行，"走吧走吧，明天再来吧。"看到孩子们恋恋不舍的样子，她真想从树上摘下一些苹果给他们，但那种不对头的感觉又泛起了她的心头，她感到害怕的因素一丝丝更加明朗起来。

隔天下午，这些放学的学生又聚拢在了果园跟前，她仍没有捡到足够每人一个的苹果给他们，孩子们迟迟不肯离去，在喊喊喳喳地说着什么，眼光透着贪婪地瞅着树上。

"你们在干什么，走开！"一声炸雷似的在一侧响起，原来是儿子回来了。

孩子们的眼光变成了惊恐，扭头看一眼，撒开腿跑远了。

原来媳妇病好了，出院了。她这些天其实也是一直挂念着的，但年龄大，又要照应果园，也离不开。高兴了一阵子后，儿子不经意地问道："这些小孩怎么围拢在这里啊？"

她解释："我看地下落的苹果烂了怪可惜的，就……"

儿子没说什么，但脸色沉了下去，"再拾了拿村子里给这些学生吧，千万别在这里给了。"

第二天，她又进了果园一趟，在地上看了一圈，最后挎着筐回了村里，放在门口台阶上。

见了人就让他们吃苹果，可人们都摆手拒绝。看着那拒绝的神情，她的心有些发冷。放学的孩子回来时，她招呼他们时，也都摇头说不吃。

她只好自己吃，却吃不了，最后就烂了，只好当垃圾扔了。

怎样从小说里读出诗来

——浅评高军的小小说

尤克利

福克纳有言，短篇小说是最考验作家技巧的文学形式。毋庸讳言，短到极致的小小说由于篇幅的限制，蕴含的力度和容量受到弱化的同时，爆发力应相应增大，成为短篇小说里的"武林至尊"。

高军是近年来小小说舞台上比较活跃并有所建树的一位，最近阅读了他的大量旧作和部分新作，看到题材不一，风格多样，或是平淡的人间喜悦，或是淡淡的绵长忧伤，或是怒发冲冠式的愤慨，管窥之，宛然是当代小小说创作的一个样板。

学者梁多亮在《微型小说写作》中指出："微型小说因为跟生活取零距离，它反映的几乎都是现实生活中的人和事，可以说很多微型小说都是因为生活中的一言一行、一颦一笑、一个画面、一个场景的触发而进行艺术构思、敷演成篇的。"高军的小说，大多展现生活的一个截面，或者一个动态的过程，而不是史诗式的事无巨细。灵感附着在极其细微的小故事、小细节、小情感上，却让人难以释怀，心向往之。

高军的很多小说中，能清晰地看到他对生活的零度介入，情感不宣泄，不驳杂，不蔓不枝，有如聊天般的细腻叙事，让人一下子就走进了他所营造的小说世界。人文情怀的无意识表达成为他的小说的一个典型特征，他不是简单的弃恶扬善式的粗暴说教，而是将情感和个人意识融入到细腻的话语里面，温情叙事成为其惯用的一种方法。《掌声》中展现的独特的教学模式，将本来接近于剑拔弩张的师生矛盾化为无形；《晒》中让人"有些惬头皮"的田老师突然展现出温情的一面，让人感觉到，此温情更显魅力；《总是长时间地望着你》里寂寞孤独的老头，人们误解他，嗤之为色情狂，却不知他要的仅是一份关爱，人们以小人之心度之，变态的不是老头，而是周围自诩正经的众生。

同为一个写作者，我更钟情于高军的传奇题材和战争题材小说，虽然这部分小说在他的整个创作中所占的比重并不是很大，但是，从中很容易看出作者小说的地域性，以及在地域性特征之下显现出来的广泛的共鸣。

高军的地域性小说的渊薮有两个。众所周知，沂南古称阳都，是诸葛亮的家乡，相传特产为纶巾。另一方面，沂南又是当年沂蒙山区革命根据地的中心，有"小延安"之称。作者紧紧抓住沂南的两个最典型特征，将地域性特色融入到小说创作中，有张有弛，足见其小小说创作的功底。

他没有大量书写诸葛亮，没有将视角放在我们耳熟能详的历史瞬间，而是将诸葛孔明拿来为我所用，依然是小人物小故事，依然是娓娓道来的小情节，仅仅只是围绕纶草这一具有悠远历史味道的野草，就写作了大量的传奇小小说。

高军的传奇小小说的开篇之作《纶草》，成为这类小说的一个典型代表。小说的情节很简单，纶草早已绝迹，唯有高洪连藏有一件明朝时的纶巾，有两个南方人要买，他说自己根本没有什么纶巾，南方人走后，村里人逐渐对高洪连异样起来，都觉得他有，让他拿出来看看，高家甚至遭窃，村人也很少再和他来往。高洪连为此疯了，人们又逐渐和他好起来。后来他逐渐好起来，当着众人的面把纶巾烧掉，"人们又都不理睬高洪连一家了。"

小说围绕一件纶巾，回环往复，将世态炎凉和小人物的战战兢兢刻画得淋漓尽致，耐人寻味。小小说的魅力其实并不在编故事上，而是在于挖掘作品的内涵中，换言之，是提炼出作品的"核"或"魂"。故事很简单，通过故事展现出来的内涵才是真正立竿见影、开胸见骨的反思所在，我们不再感到这是一则轶闻趣事，它实际上也艺术地化为照出我们民族心理中落后、消极的劣根性的一面镜子。

对革命战争年代普通人的悲欢离合的书写构成了高军小说的又一个特色。他没有去简单地赞美，没有像大部分此类作家那样将意识形态掺杂在小说创作中，而是依然遵循小人物、小故事的写作思路，在他的小说中，战争仅仅只不过是一个背景，一个人物活动的舞台，更深层次的故事发生在战争之外，活在人的心里。

和刘玉堂等沂蒙山区作家类似，高军的小说也涉及到一个名字——"红嫂"。《一辈子也不说》中的杏花，用自己的乳汁给伤员治病，她只有一个要求，就是身边的任何人，包括伤员自己在内，一辈子都不要把这件事情说出去。沂蒙红嫂的故事早已尽人皆知，再次写到这类题材，如果没有创新，则难免陷入俗套。文章末尾高军笔锋一转，寥寥数语，如此勾勒道：

> 后来，杏花的生活很艰难，妇女主任来到她家里，淌着眼泪说："现在早已解放了，上边正到处里找红嫂，据说已经找到不少，杏花你也是啊，那事儿我就说了吧？"
>
> "不，"杏花使劲摇摇头，"一辈子也别说这事儿，咱不是早就说好了吗？"

文章到此，戛然而止，无尽遐思，留给读者。好的小说其实和诗歌一样，小说本身并没什么，关键在它的外延，外延无限宽广，人的遐思无限延伸，如此，便和所有的艺术形式一样，精品和赝品高下立判。

高军将其更多的小说归为"平民人物"、"城乡舞台"两个类别，在我们每个人每天都经历的生活中，挖掘出细微但又极具典型性的生活场景，其小说语言平实淡雅又不乏诗意，绝无乖戾乖巧，冷僻生硬，让人在他的小说里忍不住读出拉呱的味道，好似一位慈善的好友在向你诉说一件故事。"满蕴着温柔，微带着忧愁，欲语又停留"这是冰心在《诗的女神》中的一句话。小说中读出诗来，这似乎就是高军的小说语言、意境上的高超之处吧。而小小说最应具有的悬念、疾风斗转等特点也在他的拉呱中让我们时而牵肠挂念，时而眉头紧蹙，瞬息又风平浪静……

作为高军的忠实读者，无论他的小说《紫桑葚》入选全国小学课本，还是他荣获的"2006 年度中国小小说十大热点人物"这一殊荣，我无不为他这些年来取得的成绩感到自豪，同时也祝愿他今后写出更加优异的作品——不为扬名立万，只为生养他的这片土地。

高军小小说印象

刘 英

　　著名小小说作家高军出生在沂蒙山区，先后在乡镇当过中学老师，又中途改辙易道成为乡镇干部，后又进入县直单位工作。生活角色的丰富多样性，使得高军积累了大量的生活素材，从而为他的小小说创作奠定了题材和意蕴的多种可能性。

　　高军的小小说采取了朴素、本真的叙事方式。所谓朴素，就是不凭借技巧，不故弄玄虚，而是用最通俗的语言，按照事情的发展，一切水到渠成，如行云流水。比如《桑老师》中的主角桑老师，有喜欢照镜子整理头发的板正习惯，可在那特定的年代，被人们看做神经病，被批评指责。可无论如何，他不改初衷，这种习惯保留了终生。五十多岁时，桑老师因患癌症去世，很多人赶了去。"那曾经敲打过他的学校领导也到了，开口提醒着：'给桑老师梳好头发啊。'""很多人附和道：'我们也是要说这个事儿的。'"就是在这样朴素的叙述中，完成了人们对于桑老师认识的转变，以及社会意识形态所发生的变化。

　　所为本真，指的是一种原生态的叙事。文学文本中的真实，往往是一种净化了的真实。那些不符合常规、被认为离奇古怪的真实往往被无情地过滤到文学之外。高军的小小说叙事所追求的真实，则是一种未被处理的原始的民间存在。妇女解放是需要时间的，更不用说在沂蒙山这片相对来说比较落后的地区。守身如玉是三四十年代沂蒙山女人的宿命，可面对得了耳底子的战士们，《一辈子也不说》中的杏花勇敢地从羞涩中站出来，只是以她特有的方式，嘱咐妇女主任这种事"一辈子也不能说出来。"这种本真的叙事策略，更好地烘托了沂蒙山女人的伟大、真诚和奉献精神。

高军的小小说写作是一种诗性，一种浪漫气质的写作。著名作家张炜曾说："作者在形成一部小说的过程中，首先是被启动和领受了一种诗意，进而在他的牵动下结构起整部作品。这样的结果就是一部小说具有了诗的品质。"虽然，张炜是针对长篇小说而言，但纵观高军的小小说，每篇都在诗意地表达着作者的理想。尽管，高军采取的是一种朴素、本真的叙事方式，但这丝毫不影响他作品及作品中人物的诗意和浪漫特质。真正意义上的人应该是诗意且具浪漫气质的，也就是说具有生命的质地。高军的小小说提供了很多质地纯洁的诗意人。比如《金鸡钻石》中的周绍帮，在被日本鬼子挖出金鸡钻石后，虽然"脸色一下子变得煞白，浑身乱颤，眼看要晕倒，但他还是强忍住了，身子站得笔直。"一个内心短时间内做过剧烈运动的大写的中国人栩栩如生地展现在面前，财宝可被抢，但做人的尊严不可丢。《叫好》中的阳都名人袁顺祥面对日本军人的嚣张跋扈和挑衅，还是勇敢地喊出了叫好声，士可杀不可辱的儒家传统文化给了小日本强有力的回击。《紫桑葚》中的许世友，顶着战争的巨大压力，还念念不忘老百姓。通过采桑叶，留桑葚，写纸条等活动，一位共产党的高级干部的人性之美得到完美的展现。

如果说上边这些是代表了社会中的上层阶级，那么，高军也同样把眼光、笔触投向生活的底层。也就是说高军在他的的小小说中追求一种平民气概。这种气概是通过描写最普通的人的存在，在充满杂色的社会现实中展示出一个民族生生不息的内在力量。由于高军是从农村中走出来的，所以在作品中就有意无意地对下层平民投去深情的一瞥。看似精打细算且有点小气的在乡镇教学的王老师（《王老师》），到县城为学校办事时，面对被人群熟视无睹的乞讨老人，竟然大方地拿出 20 元钱，放到老人的碗里，不能不让"我"轧出自己的小来，从而凸显出王老师的人性之美。姑姑（《姑姑》）看到一女干部对一种黄色花格外喜欢，她弄明白了那是一种对母亲的眷眷思念之情。后来，女干部不幸被日本人杀害，姑姑不顾山路崎岖，到山顶采集黄花，花是采到了，却付出了沉重的代价，从此走路要靠拐杖。面对人们的耍笑，"姑姑头一昂：'和你说不到一块儿去，狗嘴里能

吐出象牙来。'"这一"昂"，昂出了姑姑的内心世界来，闪耀着东方女性的人性之光。《桑叶》中的老陈按照世俗眼光来看，是个地位卑微之人，也不过是个洗浴中心的搓澡人。但他乐乐哈哈地干着属于自己的工作，甚至从中发现了形而上的哲学理念："我的意思是说，不管遇到什么事儿，只要想得开，及时把它丢下，就能放松了，澡就能洗得舒服了。"就这样，通过替人搓澡，使一个走入歪门邪道的干部悬崖勒马。在高军的小小说中，这种着力渲染诗意化的平民情感，随处可见。这是否表达了高军这样的一种历史观：在社会的发展进程中，普通人的情感占据着重要位置，悲壮的或者是平淡的。这也是高军反复言说社会底层人物的原因吧，当然这其中内隐着他的人文主义的立场。

高军的小小说写作使用了沂蒙山方言。他的很多小小说，称得上民间叙事。方言正是民间叙事的最佳语言选择。其实，方言，在某种意义上，是最具有生命力的语言，也是真正的语言，它可以表现一个地域的神味（刘半农语）。普通话写作（写作语言）掠夺了太多太多的东西。为了还原真实，突出地域的神味，高军大胆采用了方言。小小说中随处可见的方言，激活了我对高军的小小说的阅读效应，有一种酣畅淋漓、欲罢不能、直达内心的感觉，因为，这种语言表达充满着生活的味道，是本真的原汁原味，其妙处是有些普通话所无法表达出来的。举几个例子，"天，上黑影了"，用来表达"傍晚"是不是恰当得很，那种太阳落山后整个天空大地呈现出的模模糊糊的意境被和盘托出。"屋子里拾掇得板板正正"，这"板板正正"是生活中的味道，民间的味道，又怎么是"整洁"或其他字眼能代替的呢？"玉米饼子就着香椿芽吃"中的"就着"很传神地表达出了沂蒙山人对吃的那种乐观豁达又素朴的态度，有饭可吃，有菜可"就"，生活就可以很美好。只是，社会发展到今天，那种素朴的东西却离我们越来越远了，这也正是作者所担心的。那个叫"马扎"的东西，在沂蒙山也有，但不叫马扎，而是叫"交叉子"，相比马扎来说，交叉子更体现出了这种坐具的本真，于是，高军便有了一篇名叫《交叉子》的小小说。当然，这样的语言不仅仅是表达的工具，更是成为作品内容的不可缺少的一部分。

　　高军生活经历的丰富性，小小说创作与评论的双面手性质，小小说的叙事策略，以及他勤于耕耘的姿态，注定了他的小小说会走向更宽阔的道路，也必定会产生更多的具有丰富可能性的小小说作品。这种可能性在他已写出的作品里已得到证明。

一 溪山歌唱沂蒙

刘京科

　　简洁朴素的语言，生动传神的人物，围绕人物命运、人的心理变化而展现的一个个故事是那么鲜活，让我在阅读作家、评论家、学者高军的小说，掩卷沉思之时脑海中呈现出一种意象：一条哗哗流动的文学溪水，唱着沂蒙山歌欢快地向前流淌。

　　根植于沂蒙大地的高军，有着智慧的善于发现美的眼光。英雄的沂蒙山，纯美的自然和形形色色的人物，构成了那么多的生活元素，让他那善于发现的潜质得到释放，"贪婪"让他有了那么多的"粮食"。手中有"粮"，他这位有着独到手艺的"厨师"便用这些"得来全不费工夫"的生活积淀做成不同风味的精神食品，填着当代人文化需求的胃口。他更像是一位有着深厚功力的"音乐家"，在一串串原生态的音符上附加一往情深，谱写出属于自己版本的纯美现代"山歌"，用一首首能登大雅之堂、灵动的"山歌"歌唱沂蒙山，歌唱伟大的沂蒙母亲，歌唱沂蒙山的一草一木，歌唱沂蒙山英雄的人民。

　　热爱是最好的老师。对文学的热爱，可以说高军虔诚而又执著。多年前在乡镇工作，他在认真贯彻党的方针政策，积极做好上级交办的工作，把自己分管的一摊子做得有声有色，多为人民群众办好事，办实事，加深着党和人民群众深厚感情的同时，有着高目标追求的他把乡里乡亲的喜怒哀乐，把见到的听来的那有着积极意义的故事用笔记录下来，勤奋而执著地在文学的田地里耕耘，用文学倾诉真情，用真情实现理想，在追求人生价值中享受美丽的过程，享受丰收的喜悦。他用手中的笔记录生活，赞美生活，歌唱生活。他用具有灵魂超导力的文学，把自己的灵魂超度到高尚。

当然，作为凡人的他也有烦闷的时候，但他手中有一把打开心灵窗口的钥匙，这把钥匙为他在烦闷的上空打开一扇窗子。

天才出自勤奋。创作是艰苦的，一篇好的作品问世，除了作家的灵气之外，还要付出很大的劳动，这种付出可谓挖空心思，为了写出好作品，在人物性格展现上，在事件的取舍上，在前后的安排上，都要绞尽脑汁地把每一个"音符"驾驭得恰到好处，特别是探讨人的生存，描写人物的命运，高军的创作从不"糊弄"，他清楚地知道，自己草率地完成作品，糊弄的不是读者，而是自己。每篇小说他都精雕细刻，反复思索，简洁到位，气息清新，刻画人物到位，成型后再放一段时间斟酌，直到修改到自己满意为止。

在高军看来，文学诱人磨人又缠人，几天没有东西可写，他的心就痒痒，这时的他饭也吃不香。夜来临，他坐在电脑前，逼自己进入写作的状态。他冥思苦索，从生活的积累中翻动那些有意义的故事，寻找那鲜活个性的人物，然后通过键盘的敲击，把它变成文字，苦尽甜来，他的小说，有些篇什就是这样写成的。

文学创作需要热爱，更要有超出常人的定力，在今天的文学创作中，不添加任何成分，让一溪的山歌保持清纯，作家的境界尤为重要。高军深知要砍柴先把刀磨锋利的道理，他坚守文学的一方净土，不为物欲所动，从不急功近利，他的小说语言凝练、字面干净，校园文学系列、战争文学系列、阳都传奇系列、情感系列、乡村生活系列，我们把他的每一个系列排起来看，就是在现实生活中展现人物命运的一幅长卷，他创作的每一步都走得扎扎实实，他在剖析人物的灵魂之时，把一个个人物刻画得栩栩如生，取得了成绩也从不张扬，他不声不响、坚定而沉着地走在文学路上的举动，让那些打着文学旗号，心却很是浮躁、眼紧紧盯着一个"钱"字的所谓创作显得那样得轻浮和不恭，让那些随意乱写一气，甚至出卖人格、出卖灵魂、堆砌乌七八糟文字的人汗颜。对于这一点，不论一个作家还是作者，都需从高军的创作态度上反思自己，既然想创作让广大读者喜爱的作品，不反复推敲，没有呕心沥血、不达目的誓不罢休的劲头，作品就不会有生命力的久远！

写沂蒙，唱沂蒙，高军的作品透着对沂蒙山这片红色热土的热爱，他的小说描写战争题材的很多，特别是写到老一辈无产阶级革命家时，他总是满怀深情，那凝思、那兴奋，无不充满着敬仰，他让我们看到，他是在用真情讲述，字里行间都流淌着敬重，他在用感人的故事表现老一辈无产阶级革命家的风范，情思在清澈的溪水中泛起绚丽的浪花，他让伟人的那种非凡气度跃然纸上的同时，自己也走进了伟人的内心世界，随着品德与智慧的提升，心灵在接受着洗礼，他更加敬重伟人们那鞠躬尽瘁的精神，那寓千军万马于掌股之间的气度，那"要知松高洁、待到雪化时"的优秀品格，让他的眼界、胸怀更宽更广，追求的目标更远、更清晰。

写作视野的开阔，不拘泥于某个方面，在众多的流派之间，高军用感情写人物，用人物讲人生，用人生说社会，我们惊叹他那虽说不长，但却精、却有着独到之处的神来之笔，他的文学之泉是那样的旺盛，旺盛得让我们"妒嫉"这些泉水汇成的小溪在九曲十八弯的大山套中，带上两岸的美丽风景，一路高歌着向我们走来，向大山外流去，把扑面的清新还给浮躁的人们，让他们惊呼：世上原来还有这么多的好东西。

硕果累累的小说创作，源于高军深厚的文化底蕴。多读书是他的良好习惯，他饱读诗书，涉猎广泛，学而不厌。他不但是一位全国很有影响的小小说作家，还是一位文学评论领域有着重要位置的评论家，他的《山东小小说作家研究》，填补了山东小小说评论集子的空白。

沂南是诸葛亮的故乡，在诸葛亮研究领域，高军同样有着不同凡响的收获，近几年来，他多次到湖北、陕西、浙江参加全国性的诸葛亮学术会议，他的诸葛亮研究从一个侧面入手，沉下心去，严谨而认真地默默地做着学问，多篇研究论文获得好评。

对初学写作者他又是那样的谆谆教诲，真正做到诲人不倦，为培养文学新人付出了心血。

高军的为人也和他的小说一样，简约而不简单。他做事大方，朴实善良，严谨坦诚，为人处事行为端正，身上有一股来自沂蒙大山的正义力量。正因为他心中有一片灿烂的阳光，和多年在基层领导位置上的锤炼，所以做事公道、认真干练，有一是一，有二是二，从不圈圈套套。他说话的语言如同小说的语言，简洁明了，没有废话，从不拖泥带水。

但他又是一位富于幽默、内心贮藏着大量幽默成分的人。只是他的幽默不随便用，他知道何时幽默，如何幽默。传统质朴的沂蒙山让他明晰做人的道理，更让他刚阳，让他一腔热血，让他饱蘸深情，让他富有正义，让他镜片后面的那双眼睛永远是那样的犀利却又是那样地亲和。

山歌的韵味是朴素的，她来自心灵的泉水，她出自对大山的热爱，她是对山的歌唱，对大山之上松的歌唱，对岩石的歌唱，她和着松涛，朵朵文学的浪花串成优美的音符，山歌和着鸟鸣，一溪春水哗哗啦啦流淌在沂蒙大地，从沂蒙山流向山外，汇入文学的大海。

一溪山歌唱沂蒙，高军让我们听到了高亢激扬且委婉悦耳的歌唱沂蒙，歌唱人生的歌声。

高歌人性，关注民生

——高军小小说印象

高 薇

　　自上世纪八十年代中期至今，高军一直在他所钟爱的小小说园地里辛勤地耕耘着，小小说创作和小小说评论双管齐下，且花开并蒂。

　　高军做过教师，当过多年乡镇干部，长期在基层工作和生活。厚实的生活基础再加上经过长期而刻苦的文学演练，可以说他已经掌握了娴熟的创作技巧，也写出了许多不凡的小小说。但是，真正为高军赢得广泛声誉的却是他创作的一系列战争题材的小小说。

　　沂蒙山区是红色革命根据地，解放战争时期，在这里曾经发生过举世瞩目的孟良崮战役。提起战争，我们就会想到残酷和血腥，高军手中的笔，没有过多地渲染战争的硝烟弥漫，而是选择了一幅幅感人肺腑的温情画面展示在我们面前。除选入小学语文课本的《紫桑葚》外，《磕头》《交叉子》《手势》《洗》《香荷包》《追》等等，均是如此。《磕头》讲的是时任八路军山东纵队司令员的张经武在沂蒙山区的岸堤工作时的事。除夕之夜，他想抽点空闲时间，和村里的老百姓拉呱拉呱，当他了解到当地百姓有请家堂的风俗时，便主动跟随去给他们的祖宗磕头祭奠，他的虔诚深深感动了在场的每一个群众。试想，一个身居要职的领导干部，主动去跪人家的祖宗，这样的干部去哪里找呢，老百姓还有什么理由不跟着他走呢?《手势》写了在战士们愤怒地将枪口对准躺在地上的日本女人时，陈光及时制止了他们，用手势指导卫生员帮助日本女人接生的事。此时的陈光没有把日本女人当做敌人，而是把她当做一个人看待，这种超越种族、超越国界的人间大爱，怎能不让人为之动容呢？《香荷包》中的张云逸，在沂蒙山区工作时，看到一个妇女让狗给孩子舔屁股和粪便时，主动从口袋里掏出草纸不顾孩子的突然撒尿给孩子擦屁股，并且耐心向妇女讲解要讲究卫生。《洗》讲的是当时担任山东省委书记的郭洪涛为瘫痪在床的孟大爷擦洗身子换洗被褥的事。看看他们的一举一动，如果不是真心爱老百姓，把老百姓当做自己的亲人看待，怎么能做得出呢？高军就是这样，用他手中细腻的、饱蘸真情的笔，透过一些细微的小事，极力地发现他们身上所蕴藏的人性的光芒，从而折射出一个个光辉的形象，令人敬佩和赞叹。《夫妻》中的丈夫和妻子，《石竹花》中的萧萧，《追》中的大妮，《一辈子也不说》中的杏花，《消失》中的芬等等……高军塑造了一大批顾大局、识大体、勇敢机智、无私奉献的普通百姓形象。在高军的笔下，无论是共产党的高级将领，还是普通百姓，都是善良、正直的，栩栩如生，如一座座矗立着的丰碑，高大，美丽，熠熠生辉。无疑，高军的这些作品，为战争题材的小小说增添了沉甸甸的分量。可以说在当下，任何一个小小说作家也是无法与之比拟的。

一方水土养一方人，沂蒙山区这片广袤、奇幻的土地，成为生于斯长于斯的高军的生活史和观察史以及萦绕心头的精神家园。在十多年的创作生涯中，除众多战争题材的小小说外，高军还创作出许多弥漫着神秘氛围和带有阳都传奇色彩的小小说，为小小说文体也带来了一定的拓展和延伸。《金鸡钻石》中的周绍帮，是一名普普通通的沂蒙百姓，面对日军的威逼诱惑却无所畏惧，为保护一颗特大金鸡钻石献出了自己的生命。《纶巾》的故事更有意思，传说曾做过明朝驸马的高洪连的祖宗，给后代流传下一件宝物纶巾，村民是相信有的，而高洪连却说没有，村民为此而和他疏远了，高洪连有口难辩，而当他为此事被折磨得神经失常时，村民们却又与他亲近起来了，这时的高洪连又变得正常了，正常了的高洪连终于将纶巾当众烧掉时，村民们又不理他了，那两个曾经来过的南方人又来过几次，以后就没再露面。小说到这里戛然而止，留给人们的更多的是深思。《纶巾》《纶帽》和《纶席》中，都描绘了曾在阳都境内漫山遍野里丰茂生长的纶草，用它编织出的编织物是美轮美奂价值连城的。纶草确确实实地存在过，生于阳都的诸葛亮曾经佩戴过纶巾，这足以能够证明。就是这样珍贵的东西却消失绝迹了，这在几篇小说中都有过叙述。细细想来，不由让人心头掠过一丝战栗，在感叹和忧伤的同时，不难看出，这也是作者在对人类生存环境及人与自然和谐相处的问题上，产生出的忧患和思考。

高军曾在乡镇政府工作过多年，也创作出一系列表现农村干部形象的小小说。《村主任》中的村主任看似办事粗鲁，但面对农村的现状，不这样办事又不行。《茶杯》中的村主任在自己的村民面前，故意端起空茶杯又放下，以期引起找他办事的村民注意，使其主动给倒水，他才答应村民要求。小说中充分地揭示了一种让人啼笑皆非的农民哲学的狡黠，读来忍俊不禁的同时，又发人深思。《你不是乡长》中的乡长，与以往坐汽车进村到干部家喝酒的乡干部完全不同，自己骑自行车钻进村民的大棚，指点村民科学种菜，然后又空腹而去。这个正面形象，是许许多多乡镇干部的缩影，也是一种希望，但通过老人的误解，作品流露出的其潜在的批判意识让我们深思。

高军由于长期生活在基层，始终关注着一些生活在社会底层的市井小人物。关注民生和弱势群体始终是中国文学的优良传统，高军的骨子里也秉承着这样一种情结，这是让我很欣赏的。《老陈》《桑老师》《张小花》做起事来都让人感觉有些怪怪的，叙述中的弦外之音，我们不难体会出，这一个个奇特的小人物，他们都试图在世俗的讥讽、生活的困境之中，努力地寻求自身生存的价值。在生活的大卖场里，各人有各人的摊位，守住属于你的摊位是最现实的，也是最重要的。小说看似叙述生活琐事，这其实是在写人的尊严和气节，读来令人喟叹。

在高军的小小说中，关注小人物生存状态的俯拾皆是，如《企盼》中的母女，《银钗》中的男子和"她"，《项链》中的老太太，《茶叶》中的"他"，《门卫》中的林大业，《换》中的丈夫和妻子，《老马夫妇》中的老马夫妇，《泡脚》中的"她"和小伙子……等等，他们或虚伪，或世故，或小气，或近乎愚蠢的执拗，他们不完美，但他们对理想生活充满了真诚的期待，他们是鲜活的，栩栩如生的，是生活在我们身边的"这一个"或

"那一个"。高军的这些表现当下现实生活的小小说像聚集的特写镜头，敢于直面现实人生，直击人性善恶，对准那些能令人引起共鸣的人和事，鞭挞的是短视、功利的小农意识，在对国民劣根性的批判中，也充满了对未来美好生活的期盼和向往。

高军善于为自己的小小说设计缜密的细节和适合人物的对话，总能找准一个合适的切入点，特别是故事结局的设计，总能达到出人意料的效果，引人深思。高军的小说语言质朴理性，平实中见功力。他喜欢运用带有地域特色的叙述语言和人物语言，都为他的小小说增色不少。

生活中的高军性情敦厚，温文尔雅，他的眼里时常流露出睿智与责任的光，这无疑是长期读书的结果。关注和品评同道的创作和现状，启示别人，梳理自己，醒人和自省，是高军一直以来的写作态度。之所以在十多年中，高军于成批量涌现的小小说作家中，始终处于常青树的状态，成为山东小小说界的领军人物之一，与他淡泊名利，勤于思考和学习，不断汲取艺术营养的人生境界是分不开的。

小小说的高军

胡金华

如何"出新意于法度之中，寄妙理于豪放之外"，读了山东作家高军的系列小小说，在被他这种简约精致之文风打动的同时，我深深领悟出"小小说至高军，如歌如画，蔚为奇观"之精妙。妙就妙在他的小小说内有"三性"：一曰土性；二曰灵性；三曰黏性。

先说土性。小小说因为短而通脱，似乎容纳不下地域特色，包括语言特色，而高军的小说不仅在语言风格和对话方式上彰显出具有沂蒙质地的地域特色，还把这种语言赋予了历史和现实的新意，简洁而又明快的对话，含而不露的吐纳以及深藏玄机的寓意韵味，无不凸显出沂蒙水土的天造自然的痕迹，尽可以从小说中走来的将军、战士、平民百姓、农家妇女、山野汉子、民间艺人、学生等人物身上嗅出粘满草屑和泥土的芬芳。通过他们，可以看到烽火硝烟的浪漫、人性张力的折射和思想深处的光芒。如《桑老师》中的对话："小孩子，哪用这么板正啊。"《一辈子也不说》中的"杏花着急了：'你看你，嘴里含着面糊涂一样，有事儿你说不就是吗？'妇女主任好似下了很大的决心，才说道：'这些人中，有十来个得了耳底子，耳朵眼子里往外淌水，很难受，听事儿也听不清。你说说，不就影响打仗吗？你是知道的，用热奶水往耳朵眼里滋滋，几回就能好利索。你给弄弄，行吧？'杏花的脸腾地红了，闭着眼，用两个拳头擂着她：'你，你怎么想的来？还不羞死人？'"等等，这些地地道道的沂蒙方言土语，无不从语言上显示出内存粗粝与细腻的剥离，皮质与内核的切合，真实而又活灵活现的人物形象，全是这种特色语言所承接所突兀出来的。由此，我折服于他的土性色彩，因为他的作品诠释了越是地域的，也就越是民族的，而越是民族的，也越是世界的这一鲜明特质。

再说灵性。高军的小说并不着意抒情表意，又不特设情境，而是按照生活的原态原境和人物的自然性情，借助多种灵巧的艺术表达方式，作朴素动人的诗意表述，并以自己的生命体验和人的生命意识作导向，从作品的取材造境到谋篇布局，都体现出富有个性特色的个性创造。他的小说融感性、智性、诗性、灵性等诸种特色为一体。自然朴素而富有力度和深度；不着痕迹而透出机巧和智慧；不虚张声势，而具有动人魂魄的魅力。这种源于生活又以自然生活形态体现出的诗意，渗透在生命的深处，震颤着小说中人物的心灵。如《割青麦》中的刘兆瑞瞬间的心理活动。"我是说，把咱们地里种的麦子割了，送给部队上喂牲口，好让它们吃得饱饱的去打仗啊。这个时候的青麦最有养分，又没有麦芒扎胃，正合口。"这里，诗意的心理和神态，与冷酷无奈的现实形成鲜明比照，意境就由郁闷、冷涩转向欢悦、温暖。再如《紫桑葚》中，写到许世友的警卫员，"咂咂嘴，小声说：'首长，桑葚真好吃，您尝尝吧。'他摇摇头：'不，给房东的孩子留着吧。'"这些充满心理关照的话语叙写，特别能增添耐人寻味的意境和发人深省的艺术韵味。由此可见，高军小说中的诗意是随地取材，随机造就。它渗透于小说中，既是局部的，也是整体的，前后勾连，观照全文，闪烁出诗性与灵性的自然连缀，融汇成丰厚的意蕴。另外，无论描述还是议论、抒情，都切合事物的本质内涵，语言极具客观性，又特别有张力，就事论事，依景写景，意蕴却远出于具体的生活情景之外，而且远涉到人性和生命哲学的层面，这使得诗性表述深刻而广阔，自然而深刻。在文体上，高军沟通了小说、散文、诗歌三种文体的不同特点，并融散文、诗歌的特色于自己的小说之中，成功地创造出了个性化的人物，他一改传统的小说结构多是闭合型的呈现状态，表现为散化的、开放型结构，极富有个性化的灵性创造。

最后说黏性。高军小说创作很具有创造性和影响力。他把语言结构同结构语言糅合在一处，让人物所处的时代背景恰到好处地自然流露和告诉读者，让人阅读之后才能参悟其间的妙用，以此，我相信他这是一手写小说一手作评论，且评人家的作品、写自己的小说而获取的意味。他的小小说评论如小小说一样，在国内小小说界出类拔萃，很有影响。在小说多系庞杂的纷繁中，他能取其天然，疏于志趣，让人物在互相交叉碰撞中闪现人性的光环，实在可称之为理想的境界：大处着眼，小处落墨，深处见精神，巧处见功夫。他的小小说几乎找不到铺垫性的外壳，恰恰就是这种直抒胸臆又似乎是信手拈来的句子，却让人能品出硬度与质感。那些短而又短的字里行间，个个都有令人叫绝的情节，这说明他极具讲故事的艺术天赋。显然，他在讲究结构布局的同时，并常常打破常规，改变因题材陈旧而循规蹈矩的模式化书写，以多样化方法创造出具有创新性之作。纵观他的小小说系列，无论是校园题材、传奇题材、爱情题材还是战争题材，无论是平民百姓、农家妇女、山野汉子、民间艺人、乡里绅士、学生还是将军、战士，个个人物有性格、有异同、有鲜为人知的生活层面，无论涉及乡野俚俗、故事传说还是精灵古怪、生活陋习，都于一瞬间叫人惊悸而心颤，在土洋之间知聪颖，于虚实之中见神奇，从丰简之隙获幡悟。带给人的不是刻意制造的新规则，而是人物自身示出的新观点。这些观点几乎都具有与众不同的黏性，这就是：简约，意外，具体，可信，情感，故事。

　　除了这些，出手不凡的象征意味也是高军小小说的一大特色。他把一个传说幻化成一种生活饰物，亦庄亦谐，在不无调侃中将一个人的命运赤裸裸地全盘托出，像《金鸡钻石》《纶巾》《香荷包》等篇，给人留下绵绵不绝的思维想象空间，没有筋道而老辣的手段很难描绘得血肉丰满，细琢磨，皆是他对某一命题唯美色彩的刻意追求的结果。他惯用洒脱而超俗的审美意向来观察和剖析人性，并把这种唯美意识很有节制地进行延伸和收缩，小说才产生了非同寻常的象征意义和游刃有余的思想灵魂。《小小说选刊》的主编杨晓敏先生称小小说为平民艺术，足可见这种附灵说话式的艺术韵味具有多么大的吸引力和张合力。很显然，不失为小小说大家的高军对自己的作品有着精确的定位，他深知文学作品的价值取向在哪里，渗入文学历史长河之中，该发出何种喧响，激起怎样的漩涡，舍弃多少沙砾，置入文学的现实生活中，又该把握什么主张，填充什么灵巧，张扬什么个性。

　　高军的文学观点和文学思想，在强调文学的独创性、表现力和艺术价值的同时，力求"有为而作"，崇尚自然，摆脱束缚，小小说创作已经达到了"行云流水，初无定质，常行于所当行，常止于所不可不止，文理自然，姿态横生"的艺术境界。于尺幅之间观波澜，其小说风格多样，笔力纵横，穷极变幻，关注历史，贴近生活，紧扣时代脉搏，以艺术的形式，反映社会热点，传导生活信息，与时代发展同呼吸共命运。在力透纸背的方寸之间，凝结着的是他智慧的结晶，艺术的精灵，并能与大众产生近距离的心理效应，有着谜一般的诱惑。从事小小说创作近二十年的高军正别具风格、自成体系，不断在探索中完美自我。在当代小小说创作阵营中，高军已站在高处，他的行走方式和矫健步履已引起小说界的关注，2006 年他被评为"中国小小说十大热点人物"，同年其小说《紫桑葚》被选入小学语文教科书，成为建国以来山东青年作家作品进入教科书的第一人，为当下小小说发展开辟了新的道路。

关于小小说的断想

高 军

面对自己这些年来发表的一系列小小说和有关小小说的评论文章，思绪总会断断续续地蒙太奇起来……

生活与创作

小时候，生活在一座大山下。——那是一座进行过一场激烈战斗的大山，那是一座并因之走进了长篇小说《红日》的大山。我每天都走在弯弯的山路上，从小学、初中、高中……

几年里，在流萤飞舞的夏秋之夜，大人小孩们都围坐在我家后一退休老人的场院里，听他拉呱一个又一个引人入胜的故事。大约在我十一二岁的时候，有一夜听到老人讲了一段小马的故事后，总感到意犹未尽，回家后显得焦躁不安。父亲问我怎么啦，我说我想知道以后是怎么样了，可他却不讲了。父亲笑笑说，都在书本上写着，有本事自己去看。随后，父亲踩着凳子从屋内山墙上的一个担板上拿下了全部的 4 本书：《儿女风尘记》《新儿女英雄传》《苦菜花》《战斗的青春》。我如获至宝，立即就像走山路一样，磕磕绊绊地读了起来，原来小马的故事就出自张孟良的小说《儿女风尘记》一书。从此，我到处找小说读，拿到就不放手。那时有一批知识青年在我们这里上山下乡，我去他们那里最经常，就因为他们有一些书籍。甚至不顾白眼和斥责，软缠硬磨地借书看。且边读边胡思乱想，印象最深的是读《红日》《苦菜花》时不自量力地在心里暗暗地说我也要写这样的书。

高中毕业前夕，虽面临着升学的压力，我还是与几个同学在使劲地读一些文学书籍，如《山乡巨变》《子夜》《俄罗斯短篇小说选》《第二次握手》等。老师发现后不让读，我们就吃饭时、下课后、晚上就寝前偷偷地读。最值得回味的是在吃饭时，同学们分分工，每顿饭总有一个同学晚吃会儿饭，在别人吃饭时由这个同学读给其余人听。每顿饭都换班轮流读小说，《山乡巨变》《万山红遍》等，我们都是这样读完的。

考上学以后，在学习专业知识的同时，把业余时间全用在了读文学、写作品上，写的最多的是小小说和短篇小说。那时曾不知天高地厚地发狠，五六年后要得全国优秀短篇小说奖呢。可是，文学之途像弯弯的山路一样难走。生活好了，我的眼睛却因营养不良视力由升学体检时的 2.0 下降为 0.2。原因是经常把菜金节省出来，攒几天就去书店买一本书。

参加工作后，更想通过写作改变自己的命运。于是，就不断地买书、读书、写作、投稿，由邮资总付到自贴邮票，退稿信摞了一尺高，我的作品一个字也没有发表出来。我痛苦极了，经常坐在夕阳下的山溪旁，抱着头，呆呆地看水、看石、看山、看云、最后总是把目光投向那弯弯的山路上……

后来，我把所写的文字全部归拢到一起，并把退稿信撒入其中，在一个漆黑的夜晚，到野外点燃了。火焰时高时低，变黑的纸片在眼前飞舞，四周的大山一片模糊。我感到，自己确实没有写作的才能，以后不能再涉足这一领域了。

那是 1994 年吧，看到家里的书放得到处都是，就整理起来，大多是多年来不间断购买和阅读的文学作品，已达两千余册。特别是看到自己保存的《小说界》创刊号上新时期较早重新发表的沈从文的《边城》和《小说界》原发的几篇小小说，引起了我的再次思考。骨子里的文学细胞又被激活了起来，竟又开始了文学创作。

经过这么多年的崎岖攀援后，我的写作顺利得多了。我最初写的几篇散文从 1995 年 6 月开始，陆续在我们山东的报纸副刊发表了。并于 1995 年第 11 期《百花园》发表第一篇评论《取法乎上见功夫》。随后，我发表了许多小说评论文章，也同时发一些其他类型文学评论。其实，我最想写的还是小小说。于是我就又写了一篇《神药》寄给了一家报纸，不久也发表出来。不长时间《小小说选刊》把它选在了1996年第22期上。此后，我写的最多的是小小说和小小说评论，最受读者承认的也是小小说和小小说评论。

这些年来，《人民日报》《光明日报》《诗刊》中国人民大学《复印报刊资料》等发表了我的一系列评论文章，《山东文学》《西南军事文学》《短篇小说》《百花园》《草原》《鹿鸣》《芒种》《黄河文学》《青岛文学》《延安文学》《小小说月刊》《杂文报》《中国质量报》《四川日报》《宁夏日报》《内蒙古青年报》《通俗文艺报》等百余种报刊发表了我大量的小小说作品，且有多篇获奖，被《读者》《传奇文学选刊》《青年博览》《小小说选刊》《微型小说选刊》等多次选载，有作品收入《中国新文学大系》（1976—2000）第16辑、《新中国六十年文学大系》（小小说精选）、《中国当代小小说大系》等，《紫桑葚》还被收入语文出版社出版的全国通用小学教材《语文》（五年级上册）在全国很多省区广泛传播。

现在，我仍在阅读着、写作着……

传统与现代

在新时期近三十年的探索过程中，在许多有识之士的热心扶持、引领下，小小说文坛梯次性地后浪推前浪般地出现了一批批优秀的经典性小小说作品和一茬茬独具特色的标志性小小说作家，小小说创作取得了非凡的成就，小小说事业有了举世瞩目的长足发展。但不可否认，小小说世界也一直呈现着泥沙俱下的杂乱现象。为了解决这个问题，目前强调小小说的传统性和现代性的有机统一，有着非常强的针对性和必要性，是具有重要的现实意义的。

所谓的小小说的传统性和现代性的有机统一，指的是坚持处理好传统性和现代性这两者的关系，并且在艺术思考和创作实践中使之和谐起来。也许有人会认为，传统性和现代性是互相对立的、矛盾的、不可调和的。

但我认为它们是完全可以统一起来的，并且也只有统一起来，小小说的天地才会是全新的。

小小说也是小说，是小说家族中的重要一员，所以必须坚持小说元素的不可缺失性，也就是说要毫不动摇地坚持小说的优秀传统。小小说尽管篇幅短小，但也要努力锻造个性的语言，营构曲折的故事，选择独特的细节，塑造鲜明的人物。多年来，有些作者放弃难度写作，致使一批批形同垃圾的小小说出现在许多报刊上。我们看到许多小小说是没有做到向传统致敬的，是没有坚守住小说艺术底线的。这些所谓的小小说人物形象弱化，细节陈旧重复，故事平庸雷同，语言千人一腔。在小小说的作品谱系中，有这些作品和没有这些作品没有什么区别；在小小说作家队伍中，有这个作者和没有这个作者没多少意义。

有出息的小小说作家必须继承优秀的传统，坚守小说艺术的底线，对叙事伦理有独特的理解，将生动典型的人物形象、独特出色的真实细节等毫不犹豫地纳入自己的艺术谋划之中。要毫不动摇地坚信，小说的核心是人物，小说家的根本任务是写出生动活泼、个性鲜明的人物，其他一切都是围绕人物来运转和展开的。细节是塑造人物最有力的构件，缺少独特精彩细节，人物就很难有骨有肉地站立起来。当然，社会在前进，生活在瞬间发生着千变万化的转换，异己力量、孤独感受让人们的心理难以承受，物质产品日益丰富而获得人的尊严、人的价值却越来越困难，人的自由在不知不觉中受到无情的挤压，这是可悲的和可怕的，但这也给作家的艺术生命力在创造和创新方面提供了展开出色神奇想象力的更广阔的天地。为了更好地表达作者独特的人生体验和社会感受，我们必须清醒地认识到，单纯强调顶礼膜拜传统还是远远不够的，有出息的作家还要对现实生活不断地进行精神性的超越。小小说作家更应该自觉地努力作为，由满足于表现生活飞升到表现存在。如果说短篇小说是叙述艺术的顶峰的话，那么小小说就是顶峰之上的顶峰。因为小小说篇幅短小，必须用心营构，不能有一点马虎和掉以轻心，否则就会露出不精致的马脚，败坏读者胃口。再者，在如此短小的篇幅里，如果不能突破记录社会事件的层面，去通过对现实的反映表达出精神层面上进行追问的东西来，那就不是真正具有现实

感的作品。长期以来，应当说也一直有一批小小说作家在自觉进行着不懈地探索，但可怕的是成功的比例还太小。很多人表现出严重的精神惰性，仅仅是在追求形式上的肤浅探索，比如满足于弄出几个结尾，比如满足于故事中再讲一个故事，比如把平凡的故事包装在荒诞的外壳里面等等，而是忽视了更重要的比如"思想"、"诗意"、"存在"、"境界"等等。我们看到，小小说写作者把自己降格成了一个仅仅讲故事的人，有的甚至满足于完成了一个小纪实、小幽默，小寓言等，写出的作品见小趣味不见大思想，见物不见人，没有让自己成为现实的思想者、精神的探索者、存在的开拓者。要提升小小说的艺术品位，就要克服艺术思维的僵化，努力透过时代的表面现象，对过去的和当下的生活进行现代性的准确透视，对存在进行持续不断的刻骨体验和精神探险，对现实进行冒险的想象，不仅仅要由平庸的叙事过渡到精妙的叙事，更要用文字的力量激活人们的想象力和感受力。作家不是描摹现实而是通过想象虚构事实，并对这些虚构的事实以个人性的理解组合成新的配置方式，形成对世界的非合唱性的独特发言。通过为意义提供精准的形式载体，作家的艺术的境界也得以彰显。作家怎么理解和表现这个世界，怎样通过对世界的哲学思考理解和表现人的存在状况，决定着作品的思想深度和精神质量。著名学者斯宾格勒曾说过，进入 20 世纪后，"维护生活完整性的任务开始由社会转交给了个人——转交给对生活中的事物具有独特看法的个人，他体现了某种秘密的本质，只有这种本质才使世界具有合理性"（引自英国詹姆斯·麦克法兰《现代主义思想》，中国社会科学院外国文学研究所编《现代主义》，上海外语教育出版社 1992 年版）。作家是这些被委以重任的个人之一。小小说作家当然也要自觉地承担起这一重任，以广阔的思想视野，深厚的生存体验，不竭的创新精神，做关于存在的持续探索者。就是一个小的题材，也要以对现实的深情关怀为之注入大的精神境界，反映时代的本质特征，创作出具有精神指向性和灵魂穿透力的文本，以此来开拓出一片小小说艺术的新天地来。

我想，作家作为时代最敏锐的触角和良心，在社会迅猛变化、生活日新月异，工业化、城市化和全球化纠葛缠绕的背景下，在外部世界不可抗拒，内心冲动无足轻重的社会里，创作意识不能缺失，道德想象力不能匮乏，突破安全、平庸写作，在坚持传统的优秀品质的同时，又要在正确的立足点上勇于突破传统，克服文体营构上的张力不足、精神探索上的踯躅不前，使自己的写作不仅仅停留在表面和琐碎，不满足于成为一个艺术上的平庸之辈，有这种难度写作的艺术自觉，小小说才能有更辉煌的未来。

坚守与突破

多年来，经过无数小小说作家的不懈努力和探索，应该说小小说这种文体已逐步走向成熟了。随着小小说发表数量的增加，技巧技法的不断成熟和完善，小小说创作空前繁荣。在这种情况下，我们更应清醒地看到小小说潜伏着的许多危机。现在，小小说写作的技巧问题应当引起我们的高度重视和深入思考了。

米兰·昆德拉在总结小说创作时说小说的主要问题是"被'技巧'充塞，被那些取代了作者的俗规充塞。"明确号召"使小说摆脱小说技巧的规则和拘泥文字，使其言简意赅。"这是很有见地的。

其实，"文无定法"本是我们老祖宗的古训，这句话很多人一开口即能讲得出来。但在创作中，尤其是在小小说创作中，却是经常一边讲、一边被忘却。"文无定法"，是小小说创作的题中应有之义，也是有出息的小小说作家应毕生追求的一个大目标、高境界。

可是，我们的小小说创作却已在作者和读者中形成了小小说创作的一系列模式，不符合这些模式的就难以被认同。如欧·亨利式的结尾，一个故事两种结局的两段式结构，开头"这个故事，他在讲的时候……"等等，让人望而生厌。当然，很多小小说，没有技巧可言，让人不忍卒读；可有技巧的小小说经常雷同别人，重复自己，也渐渐变得让人厌烦起来。我们经常有这样的体会，读有所谓"技巧"的小小说，单篇读，读的少了，尚可让人感到有余味，可读多篇，读多了，问题也就来了，照样是让人不忍卒读。

小小说要想写出新意，不硬作是一个办法，特别是在题材上不硬作，

要对素材进行认真分析，量体裁衣。著名小小说作家修祥明曾经说过："我写小小说并不是为了证明自己是小小说这方面的人，而是因为我发现的素材适合于写小小说。这就像一个真正的木匠走进木材场中来，会把栋梁之材用做栋梁，作柜的原料做成柜子。小题大做是无知的行为，大材小用同样是愚蠢的。"用这种心态去写小小说，小小说是会出现新面貌的。

当小小说专业户固然不坏，但难免大题小做或小题大做，其实，在长、中、短、小四大家族中，题材适合做什么就做什么，四个领域皆能一展身手，岂不更好！说不定不经意间就成就了大事业。

小小说创作应是心灵的博动与倾吐，靠的是对生活的真实感受和思索。只要我们尊重自己的个性，尊重艺术规律去写作，就一定能写出具有自己风格的小小说。

总之，小小说创作不应光靠技巧，但又不能无技巧。王蒙曾说过，小小说往往成于巧，也伤于巧。有技巧却无迹可循，感人至深才是上乘之作。小小说是个性化的创作，练技巧易，写出特点、写出个性难。

一辈子也不说

创作年表
（主要作品）

1995—1996 年

小说处女作《神药》发表于《山东经济日报》第 4 版；

评论处女作《取法乎上见功夫—评＜死士＞》发表于《百花园》1995年第 11 期；

评论《尴尬的生活折射出凝重的内涵》发表于 96 年 8 月《泰州日报》第 4 版；从此走上小小说评论之路，而且涉猎了小说、诗歌、散文等多种文体的评论。

1997 年

评论文章《形式批评的新探索》登上大学学报《湛江师范学院学报》（哲社版）。

1998 年

20 余篇小小说发表、转载。第 11 期《小小说月报》发表小小说三题，并配发点评文字；

《掌声》在 1998 年第 8 期《小小说选刊》首发，获"永远的校园"征文优秀作品奖；

评论《拼贴碎片 展示现实》发表于《百花园》第五期；《感伤之外的存在》发表于《百花园》第六期等多篇外国小小说鉴赏文字开始发表。

评论文章《形式批评的新探索》被中国人民大学 1998 年第 3 期《报

刊复印资料》全文选载。

1999—2001 年

继续以小小说创作和文学评论活跃在小小说创作和评论两个方面。

2002 年

《紫桑葚》发表于《小小说选刊》第16期首发、获山东省临沂市第四届文学奖一等奖。

2003 年

发表、选载作品近50篇，获《百花园》"校园内外"征文优秀奖、《小小说选刊》首届全国小小说金奖大赛佳作奖。

出版个人小小说集《紫桑葚》。

2004 年

小说《掌声》收入漓江出版社《中学生阅读（初中版）2003年佳作》、南方出版社；《心香花束》被收入长江文艺出版社《2003年中国微型小说精选》、漓江出版社《2003中国年度最佳小小说》《微型小说2003佳作》、郑州大学出版社《普通人的N种生活》等。

评论初次在《人民日报》发表，1月《草原上的小说》发表于"文艺评论"版。

《割青麦》获"沂蒙老曲杯"优秀小说奖。

2005—2006 年

获"鸿儒杯"小小说三等奖；

被评为2006中国小小说十大热点人物；

小小说《紫桑葚》收入语文出版社义务教育课程标准实验教科书（S版）《语文》五年级上册；

出版个人文学评论集《小小说内外》。

2007 年

评论初次在《文艺报》发表，7 月《文艺报》上发表《精神家园和文学触摸》；《小小说内外》一书获临沂市社科成果奖二等奖。

2008 年

在《百花园·中外读点》全年 12 期刊物中的 10 期上发表了 10 篇小小说。

评论登上《诗刊》，《关于尤克利诗歌的几个关键词》发表在 8 月《诗刊》下半月刊。

2009 年

个人文学评论集《山东小小说作家研究》由河南文艺出版社出版。